台雞蔡仔

陳東海——著

目錄

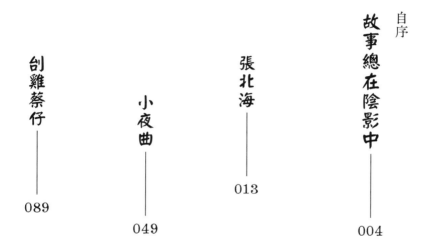

自序

故事總在陰影中

幾年前的事。

先是摸到右側頸部，喉結下方的不尋常腫塊，雖然說自己五體感受向來遲鈍，可這麼明顯的異樣卻也不敢率性疏忽。

耳鼻喉科診所的醫師盯著我的頸脖，也看也摸，判斷是患者感覺自我膨脹，根本不存在客觀意義的腫塊。他說，相由心生，想著石頭哽在喉裡，久了也會感覺呼吸不通暢，若還懷疑就開轉診單，去醫院排超音波。

然後就真的掃瞄出陰影了。

新陳代謝科的醫師指著超音波的模糊影像，說是超過一公分的結節。

「結節？」我問。

「也就是腫瘤」他輕鬆地說。

我的頭皮一陣痠痲。

他耐心而溫和地解釋說：「這是常見的甲狀腺結節，外觀輪廓清晰。這種結節的發生率女多於男，大約一比五，而且多屬良性，惡性的只占百分之五，換言之，你這結節惡化的機率是一百二十分之一。」

隨後又安排細針穿刺，醫師笑著安慰說，只是走標準檢驗流程。穿刺檢驗第三天，護士就來電話緊急通知了，得提前掛號回診。這回醫師綠臉淒容，沒敢笑。

之後，轉診外科，雙側甲狀腺全切、頸部淋巴廓清，又會診核醫科，高劑量隔離碘放射。數個月兵荒馬亂後，醫師不勝同情地提醒：「眼下療程暫告結束，只是未來擴散、轉移卻都還難說，癌細胞這玩意你該知道的，往後每天吞甲狀腺素，三個月抽血、半年超音波追蹤，就是一輩子的事。」

一輩子的事。多年前，拉保險的高中同學找上門時也這麼說，保險是一輩子的事，特別是防癌，規劃得好，後顧無憂，否則龐大的醫療支出足以拖垮家庭。當時自己還調侃他，為業績不擇手段，腦筋動到同學身上來了。自覺任教職以來，菸酒不沾，飲食奉行少油、少鹽、少糖、多蔬果，逐年健檢的數值亮眼傲人，而且父母家族都耆壽以終，基因強大堪稱模範，買防癌保險擺明是搞笑。

沒想就真用上了，典型的莫非定律。

同學說：早不做保險了，目前改行做生命禮儀。

「從前拉保險，勸人要活出尊嚴，現在賣生前契約，講的是備極哀榮，說到底也算相關業務。壞在中年轉業，被公司的業績逼得狼狽，同居女友也常抱怨，搖尾乞憐領基本薪，根本魯蛇哪有未來？……喔，沒敢找同學幫忙，雖說這商品所有人早晚都會用上，只是時機不對，說不好觸人霉頭就失禮了。總之，一份保單一世情，保險公司的人脈還在，過往保單無論如何還是能負責到底的。」

「但怎麼就是癌了？沒聽過甲狀腺也會長癌啊。」同學皺眉說。甲狀腺乳突癌，病理報告和診斷證明書都慎重地寫上中英雙語，像怕被質疑似的。

癌這玩意既寫實又魔幻。開刀手術後，除頸部切縫處還殘餘緋紅外，身心感受則大抵與確診罹癌前無異。要說困擾，細想也是有的，首先親朋好友難免暖言安慰，什麼生死有命、行樂及時，彷彿時刻分秒就是生離死別，片言隻字都是託孤遺言。再來自己也變得神經質，不分親疏，老往別人脖頸瞧，就懷疑那頸脖也都暗藏結節腫塊，難免嚇著人家——莫不是變得像吸血殭屍，開始對旁人的頸動脈存著什麼渴望？

「沒事，沒事，這些保單夠力。」同學翻看保單，連聲安慰：「首次罹癌給付、住院手術醫療、居家療養，理賠金額少說也上百萬。說來還真得感謝我，早期壽險附加防癌少有這麼高額的規劃，開個玩笑，簡直就是看準有今天哪！」

理賠審核通過是兩週後，同學來電告知。

「保險理賠近日會匯入指定帳戶。而且，」同學的語氣莫名地興奮：「找保險公司確認過，未來還有不限額度的門診給付，這不得了，去醫院門診做追蹤都能變現啊。查過資料，甲狀腺癌的惡性低、可治癒，號稱癌症最佳選項。此後，安心坐領保險金，活得越久領得越多，簡直完美。」

然後，他突然壓低聲音——

「托你的福，日前自費健檢也做了頸部超音波。信不信？還真照出東西！小於一公分，帶毛邊的陰影，醫師看傻了眼，擔心情況不妙，安排做穿刺檢驗，就等下週報告出爐。……這陰影沒敢讓女友知道，怕她胡思亂想嘛。其實，做保險經紀那幾年，為了湊業績，各家醫療險、防癌險的額度幾乎都買到頂了，我這大半輩子諸事不順，看著那陰影，簡直絢爛亮麗，直覺是時來運轉了。」

陰影總是巧妙地交錯在喧囂與絢麗中。

塞爾維亞作家帕維奇在《哈札爾辭典》卷首導語中，對相互不可靠近的事物有個生動的譬喻：「兩個男人各自扯緊繩子的一頭，將繫在繩子中間的美洲獅拴住，想像一下這情境吧。倘若他倆欲相互靠近，美洲獅便會撲咬他們，因為繩子會鬆開，必須將繩子用力拉緊，使美洲獅留在他倆之間等距離的位置上。」

同理可證陰影的流動，讓喧囂與絢麗很難互相靠攏，它們各自拉住兩端的繩頭，控制持續震聲怒吼如猛獅的陰影，任一方的鬆弛或過度的拉扯都會造成生活失衡。是的，這其中隱含宿命論，我們所能妥協的是——日子總要過，而陰影也必然揮之不去，生活能過得有滋有味的原因不在於擺脫陰影，而是讓陰影下的喧囂與絢麗持續保持動態平衡。

而是在那困窘無助的瞬間，他清楚意識到，阿嬤說的：「意志要堅、心頭要狠，阿北仔的命底注定孤苦無依。」既是詛咒，更是期許。

張北海

阿北仔側身、屏息，躲過荷槍實彈直衝上來的刑警。他們速度很快，其中一位在上樓前滑了腳，幾乎和躲在門後的阿北仔正面相對。直到閃身下樓，混入群眾後，阿北仔才鬆口氣，安全了，龐大群眾的力量造成阻絕，遠非困窘的警力所能抗衡。

然而，看到眼前混亂的人群，他不禁皺起眉頭。在近乎瘋狂人群中，想掙脫而出，只怕又是另一層困擾。但意外地，這回擁擠的人群並沒有造成太多的阻撓，他開始懷疑，這些蠢動的群眾到底想幹嘛？

媒體攝影師扛著的碩大機器，像從潛艇探頭而出的潛望鏡，緊緊跟隨著Live採訪記者，在人潮中顯得特別突出。阿北仔技巧地躲過攝影機。媒體無意間拍攝到的鏡頭，最後變成警方的搜證資料，這種事時有所聞，他不會犯這樣低級的錯誤。

記者在搜尋有價值的受訪者時，專業能力並不比運氣管用，那些探頭晃腦的圍觀群眾，其實什麼也不懂，只是一看到鏡頭、麥克風，就壓抑不下搶鏡頭、博版面的慾望，於是道聽塗說、加油添醋、混充目擊者的比比皆是，運氣不佳的記者忙了半天，也就只是幫小道八卦躍上頭條而已。

當然，阿北仔是知道真相的。只是，此刻他倒期待有更多的閒雜八卦，把一切都攪得更混亂。經驗告訴他：混亂就是機會。

他橫穿過街道，在便利商店門口的台階坐下，看熱鬧的人多，不會有人注意他坐哪。他深吸一口氣，緩和情緒，空氣比想像的還沁涼純淨。這時，一陣隱約而混沌的聲音響起，他無法確定聲響是來自人潮中的某處，還是自己腦袋的深層。

那時而縹緲、時而清晰，像召喚，又像呼喊的聲響，阿北仔想起的是國小五年級轉學的那個午後，學校的廣播。

在校門口，阿北仔握緊阿嬤的手，感覺得到那掌心的粗糙。午休後，上課的鐘聲還沒響起，新學校的校園還沉浸在一片喧譁中，他的心情擺盪於緊張和興奮之間。校內擴音器先是一陣嘶鳴，然後意外地喊出：「張北海、張北海同學，請到教務處報到！」午間暖風吹送下，廣播一陣鬆一陣緊的。

他仰頭望向阿嬤，心裡納悶著：「學校老師怎麼會知道我轉學來了？」阿嬤晃晃他的小手，正經地說：「那可不是你喔，你是阿北仔！」

張北海醫師頭上的布套被扯掉時，他的知覺都還陷於怠滯中。

手槍在太陽穴近距離擊發的聲響，讓他短暫失去聽覺。周遭一片寂靜，刷白的陽光從窗外斜角射入，暖暖的。他吃力地瞇眼，看雜遝混亂的人影模模糊糊的鑽動，在這近似彌留的瞬間，眼前清晰浮現的，卻是當年父親所在的賓館。

赤裸的父親掩護著另一個赤裸的女體，在強閃光燈下，他無從逃避，只能轉身低頭。父親專業、權威、高傲的醫師形象和此刻的狼狽窘迫完全無法聯想。

稍早，學校廣播的聲音還清楚迴盪：「張北海同學、張北海同學，請到教務處報到！」他從籃球場一路衝向教務處，額頭汗珠滾動到鼻尖，將滴未滴，然後母親把他帶離開。他沒想到前幾天才提到轉學的事情，就真的要轉學了。

母親雙手握著厚實的鱷魚皮方向盤，專注地盯著前方。車裡大哥大響起，母親騰出右手緊緊抓著，貼上耳朵，沒有開口，偶而對著粗重的話機「嗯，嗯」，分不清是回答還是詢問。隨後，母親的車子轉往陌生的方向，停在一棟大樓前，大樓前候著三個人，兩位穿運動服，一位穿警察服。他們坐進電梯，直上七樓的賓館。電梯乍停，母親一路直衝賓館房間、撞開門，幾乎同時，相機鎂光燈接連閃射，母親搶進門，死命地拉扯遮蔽父親和女人袒裸身軀的薄毯。

張北海靠在門邊，平靜地看著小房間裡的喧鬧。然後，注意到低頭蜷縮在牆角的赤裸女人，長髮凌亂、手腳失措。猜想女人身體裡流淌的血液是冰冷的，所以環抱胸前的雙手不停地顫抖，倒是胸前那一塊拇指大的黑印記卻怎麼也遮掩不住，突兀在雪白的肌膚上，顯得沉穩，他忍不住多看兩眼。有那麼一瞬間，她慌亂乞憐的眼神與他對望，那悲傷無助的女人並不陌生，是他的小提琴家教老師。

阿北仔站起身，探索周遭。那細微的聲響持續著，彷彿久遠年代的淒號，飄飄忽忽地穿透時空，扭曲成壓抑的噙淚低泣聲。這驚心動魄的哀泣讓他禁不住一身冷顫。

那時，阿北仔和阿嬤從船公司領回阿爸的骨灰。骨灰沒有想像中的陰森恐怖，其實，抱在胸前的只是骨灰罈，黑得發亮，像陶瓷，也像玉石，摸起來滑滑潤潤，罈外的照片是燒印上去的，照片是阿爸，但多看幾次，卻也無法確定阿爸真的是長那模樣。

然後，法事場裡法師持續吹著低沉的牛角、撞擊高亢的鈸音，夾雜其中的是阿嬤有氣無力的號呼。法事結束，紊亂的聲響並沒有結束，陰沉的牛角聲整天在他耳底縈繞，然後鈸音響起，把他的心揪緊，接著，尖銳短促的嗩吶聲鋪天蓋地而來。它們在他腦袋裡迴響、在心裡震撼，似乎隨時會迸裂開，把人撕爛。夜裡，阿北仔心頭一緊，終於忍不住嚎啕痛哭。

「恁阿爸死在外海、你阿母跟人跑，你攏毋知影哭，現在還有什麼碗糕代誌欲哭？」阿嬤紅了眼眶，搖頭說：「意志要堅、心頭要狠，阿北仔，你注定是孤苦無依的命哪。」

年少的阿北仔曾經以喜悅、明亮的心情獨自走向城市最繁華的鬧區。

他慎重、虔誠地走進火車站前的人行地下道。地下道因為過於迂迴、幽晦，幾乎被閒置。即使如此，可以預期在一小段曲折後，出口處會有高大華麗的百貨公司、餐廳、電影院和遊樂場，那是明亮的新世界，充滿機會。

深邃的地下甬道，傳出悠揚的樂音。一位衣著襤褸的瞎子，看來有些年紀，戴墨鏡，靠著地下道的邊牆，「咿咿嗯嗯」地拉起小提琴，腳邊放著投錢的小紙盒，裡頭只稀疏的躺了幾個硬幣。

他被那種冷冽清澈、穿透力驚人的樂音吸引，停下腳步，看著寒酸的投錢盒，他衝動地把手伸進褲袋。然後，兩位穿花格子襯衫、寬喇叭褲的年輕人圍攏過來，他們一左一右，把阿北仔推擠到牆邊。地下道沒有其他路人，只有小提琴持續咿咿呀呀的，他們從容地搜查阿北仔的衣服、褲袋，帶走所有的錢，臨走前還輕輕拍打他的臉頰，讚許他的配合。

小提琴的聲音停了，他看到老人，墨鏡後乜斜的眼，睨著他，嘴角咧開，搖頭笑著。

他沒有哭，只是一身冷汗。不是因為被恫嚇、搶錢或裝瞎老頭的嘲諷，而是在那困窘無助的瞬間，他清楚意識到，阿嬤說的：「意志要堅、心頭要狠，阿北仔的命底注定孤苦無依。」既是詛咒，更是期許。

像受到詛咒，張北海醫師感覺周遭的壓迫感迅速增強，所有的力道都清楚地起於心臟、止於心臟，他透不過氣來。在一片不著邊際的混亂中，空氣凝結、時間靜止，他清楚這種感覺：通常發生在半夜熟睡時，他會突然醒來，沒有過渡或模糊地帶，意識變得不可思議的清醒，前一秒曾經熟睡的印象完全被抽離，一些清晰的印象轟然而來。

張北海腦袋裡時常出現的影像是，更年輕的張北海，左手抓緊琴首，下頷緊夾提琴的腮托，右手卻只空抓，沒有弓。

那是國小時，母親為他安排的小提琴家教課。

他從沒喜歡過小提琴。拉琴的人挺著胸膛，歪斜脖頸夾琴，左手按弦，右手運弓，琴身刻意保持水平，琴首控制與眼睛等高，左手心不自然地外撇，還侷限在四弦的上弓、下弓、中弓、上半弓、下半弓反覆拉動，那縮脖硬撐的動作畸形、可笑而且做作。

他學過兩年琴，雖不喜歡，也不至於畏懼，直到母親當著家教老師的面驗收成果，那嚴肅的表情讓他莫名地緊張起來。

老師輕柔地安撫他：「肩膀放鬆、弓握穩、腕關節和尾指要彎曲……」，可他怎麼也控制不了正確的手型，拉幾趟全弓，竟然都誇張地跳弦。母親皺眉、眼神充滿不屑，他慌亂地抓緊弓，不讓弓滑動，結果弓跳得更嚴重。小提琴音準不好找，接連失誤後，他的音感更遲鈍了。拉E弦雙音時，力道不對，聲音開始斷斷續續，他壓緊琴首，用力把琴身頂向左腮，拉出的卻是宰鴨、殺雞般嘶沙的破裂聲。

母親粗暴地衝上前，憤恨的把弓從弦上抽走，扔向沙發，又嫌惡地瞪了老師一眼，然後甩門回房。小提琴老師靠向他，輕撫他的臉頰，然後悄悄地下樓。他被放逐在死寂的客廳裡，腦子一片空白，頸腮間因為過度用力頂著小提琴而隱隱作痛。這是他最後一次拉小提琴。

診所開業的那幾年，張北海醫師在睡意消失的夜裡，出現在腦海中的都是女人坍塌下垂的眼袋、臃腫的顎部雙下巴、肉翼般的大臂蝴蝶袖、誇張的三分馬鞍臀、毫無曲線的粗筒腰、肥肉左右壓迫的大腿，這些令女性焦慮的患部。

在他的腦海裡有一套標準的女體模本，部位比對後，他不斷地模擬在患部上勾勒出複雜的同心圓修飾曲線。女人可以鼓起勇氣，暴露身體的缺陷，卻不可能忍受醫師以紅筆、藍筆在上頭一再地塗塗畫畫改改，把珍貴的胴體搞成像蓋滿完稅圖章的電宰豬。美體醫師在面對患者時，必須一筆到底、精準、流暢地繪出患部的修飾線，才能贏得患者的信任。

除了術前規劃，以高科技雷射溶脂取代高風險的抽脂整形手術，也是在睡眠中斷時，他激發出的創意：簡單的局部麻醉後，在異位、變形的對稱點侵入光纖探針，以釹雅鉻雷射在皮下溶解脂肪細胞，蕃茄汁般的油脂、血水就能輕易地從小於一公分的傷口引流出來。這高創意的塑身技術讓張北海在整形醫界享有盛名。

多災多難的女體：下垂眼、雞皮頸、蝴蝶袖、水桶腰、馬鞍臀、大象腿、蘿蔔脛。上帝喜歡開女人的玩笑，張北海卻讓女人找回自信的笑。「上帝創造女人，張醫師完美女人。」他莫名欣慰，也重新迎回睡意。

更多時候，那清醒的午夜，與小提琴、塑身整形都無關。

妻安穩地沉睡著，一如往常，偶而發出壓抑的鼾聲。他不想起身，也不想再闔上眼。夢般的情境還清晰如昨，那個縮躲在房間角落顫抖的小提琴老師，緩緩站起，髮絲黏附在臉頰淚水中。

她的肩膀低垂，手臂削瘦，卻顯得勻稱，脖頸前庭有短暫的寬闊，胸前有拇指大小的深色印記，之後，陡然挺拔的是饅形的雙峰，上緣稍平坦，下緣是水滴狀，乳暈在中央上移約八分之一處，堅挺的乳頭從淡淡紅暈掙脫出，微揚十度。雙峰以下的起伏隱約而含蓄，凸顯白皙如凝脂的膚色，至臍下、腰際，曲線緊然收斂，最後與腿部內側根部連繫，下部稀疏的陰毛內散發深沉的神祕，張北海不忍細看，他覺得那是一種褻瀆。

他盯著天花板，想像父親多次在那無瑕的女體上放肆，粗暴地搓揉乳房、吸吮堅挺的乳頭、摩挲滑膩的肌膚，他變得亢奮，同時也焦躁不安起來。這時候，他開始痛恨父親對那美體的蹂躪、痛恨母親的暴虐、痛恨自己什麼都沒能做、甚至痛恨妻——為什麼她可以睡得那麼安穩？

這些年來，阿北仔從沒有恨過誰。即使把槍壓在某人的太陽穴、左胸或下體，他也清楚理解到，這純粹是工作、是生意。也許末了會把那人轟個腦袋迸裂開花、左胸搞出個大窟窿、下部弄得不成鳥樣，那也絕不是感情用事的結果。在這一行他是深獲信任的專業好手。

當小弟的那幾年，他以身上刻刺得誇張而猙獰的青龍、白虎，向店家推銷保健品或兄弟茶。阿嬤往生後，他有了改造槍，就在酒店、賭場當圍事少爺。幹過幾次架、多幾道刀槍疤、為老大頂過幾年牢後，人也就變聰明了，他清楚明白：道上辦事方式直接、有效率，足以開創一番穩定的事業。

首先，他把三天兩頭卡彈塞膛的華山改造槍扔了，輾轉找到門路，砸下數十萬搞到德國軍用制式 SIG-SAUER P220。這傢伙有意思，一匣九發，連擊三匣，還能一路順暢如脫肛。

然後，在前輩大哥默許下，他開始孤鳥單飛，承接委託業務，委託人包括討債公司、砂石業、圍標集團或民意代表。工作內容是講究效率的調解紛爭。調解方式簡單明瞭，依照委託人的需求，示威恫嚇、血光帶傷、輕重肢殘或直接送回老家。他硬、狠、猛、準的調解能力，很快地在道上做出口碑。

當然，在所有調解方式中，他最喜歡的還是讓事主一槍嗝屁，不只是任務明確、酬佣高，更重要的是，他享受九毫米子彈擊發瞬間的快感。近距離、行刑式的槍決，槍口斜頂著太陽穴，保持一公分的空隙，扣下扳機，左旋槍管內會產生急躁的嘶鳴，彈頭沒入腦袋，從另一面旋出時，空氣會激發出令人興奮的爆裂音。之後，豆腐白的是腦漿、豔麗紅的是鮮血，汩汩湧出，絢爛與平靜同步呈現，這是P220配合阿北仔的專業才有的完美聲色效果。

不上工的日子，除了麻將和女人，阿北仔喜歡在自己房間裡放起小提琴的黑膠。那「咿咿嗯嗯」的樂音時而激昂如萬馬奔騰，時而悠揚如涓滴清泉，每段旋律都在豐富的拉緊、撞擊、放鬆之中完成。那穿透的力道，讓周遭的氣氛急遽地轉變，他閉上眼睛，聆聽小提琴穿越時空的澄澈純淨，像多角稜柱反射出足以震撼心靈的耀眼光芒。那是多年前與小提琴初次邂逅後，始終難以忘懷的感受。

只是，有時阿北仔很想就著這「咿咿嗯嗯」的旋律，也往自己腦袋來那麼一發。二十幾年前，地下道的情景，總會在無預警的情況下浮現，而且無法壓抑：兩座高大的身影、穿花格子襯衫、挑釁地拍他耳光、搜刮他口袋和那位幸災樂禍，拉琴的假瞎子。

現在，他大可把這種混混、騙徒轟個他媽的不成人形，但是，他們躲進阿北仔的腦袋裡了，除非真的往自己腦袋來個玉石俱焚。否則，情緒一來，沮喪、怯懦的陰影將會持續幾個小時，阿北仔會退縮回孤單、無助的十六歲。這對專業的殺手來說不只危險，更是羞辱。於是，他只能打開電腦，在 Google、Bing 裡尋找標悍硬狠的「阿北仔」：

「暴力討債集團，持槍恐嚇，李姓賭場負責人腿部中彈，綽號阿北仔的男子涉重嫌…」

「砂石業林姓富商，凌晨帶女友從酒店出來，遭不明男子挾持，林某抗拒，腹部中兩槍，警方鎖定阿北仔……」

「黑道角頭命案，殺手身高約一百七十、穿紅色 Polo 衫，戴棉織的潮帽，目睹者指證阿北仔……」

「鎮代選舉黑影幢幢，署名阿北仔的警告信，造成參選人低調撤銷登記，調查局介入了解中。」

……

那些輝煌的紀錄，有如勳章，喚醒他的專業自信，縱橫黑白兩道的「阿北仔」瞬間回歸。

偶而網路搜尋也會出差錯，比如出現：

「阿北仔滷肉飯，廿年古早傳統的好滋味……」
「行政院衛福部認證，阿北除蟑、除蟻專家，專業、負責……」
「岡山阿北仔豆瓣醬，廿四小時直銷宅配……」
諸如此類，戲謔的訊息讓他感覺錯愕，但是並不討厭，因為他發現，「阿北仔」並不那麼孤單、寂寞，他們一直生活在社會的各個角落。同時，他也慶幸：真正的「阿北仔」沒有淪落到去賣滷肉飯、豆瓣醬或抓白蟻、除蟑螂，阿嬤足可引以為傲。
此時，一切都已得救贖，他心滿意足。

救贖？張北海醫師從不敢這樣奢望。
十三歲那年，是他向母親告的密，父親時常在琴譜的掩護下，把手伸進老師的胸前、窄裙裡。至於現在，他也必須承認，自己並不那麼無辜。
張北海轉身把手術房的門輕輕闔上、押扣門鎖。

雷射清除刺青，患者比預約的時間遲到一個小時，護士臉色不是很好看，診所在卅分鐘前就該休診了。張醫師體貼地讓護士們先下班，小範圍除刺青，不需要什麼助手。

他讓女人躺上診療床，她略顯緊張。他也是。

「會痛嗎？」女人不安地確認。

「還好，大約就像橡皮筋打在患部。而且會塗麻醉膏局部麻醉，想睡的話，也可以改用微劑量吸入式麻醉的辦法。」

他輕聲安慰她，心情卻極度忐忑。

他把異氟醚（Isoflurane）的呼吸罩輕輕地覆上她的鼻口，她沒有任何質疑。

「就像平時呼吸，規律地，想像森林中瀰漫的芬多精，緩慢地，深深地吸入肺部底層，放輕鬆……」

女人比預期的還容易進入昏睡狀況，而張醫師卻感覺自己從未如此清醒。

他掀開她長袍的前襟，仔細察看右胸前的黑色刺青，五十元硬幣大小，鏤空的玫瑰花，在內衣罩杯上方約三公分，單純藍黑刺青，範圍不大，至多兩次療程，不會留下明顯的痕跡。接著，他解開她的內衣，淡紫色前開無肩帶半罩式。往下，輕撫那同色系、絲質、微透、碎花蕾絲的低腰底褲，然後抬高臀部，從兩側褪下。

他退到門邊，和她保持一段記憶中的距離，看著、聽著。

她的呼吸輕緩而有節奏，前胸平和而規律地起伏。那是藥理麻醉後的深睡現象。她的胸部因為平躺而自然地外擴，乳暈在中央偏上，乳頭堅挺微揚，凸出於雙峰平滑弧線的高點。和記憶中的女人一樣美的胸形。

家教老師的胸前是胎記還是刺青？是左胸還是右胸前？他的記憶並不明確。第一次看到女人大眼、細眉、長睫、薄唇、豐潤近似家教老師的臉模時，他感覺暈眩和錯亂。而當她大方地袒露胸口的黑玫瑰時，他已經壓抑不下驚顫。

現在，她平靜地睡在床上，身上一無遮蔽，與印象中的同樣完美。沒有父親的蹂躪，沒有母親的羞辱，他不需以小提琴為藉口偷窺那姣好的容貌。他可以要她，不必擔心其他的干擾。他注視著黑玫瑰，如果可以，他根本不想迷昏她，他只想貼靠在那有黑色印記的胸前，安靜地貼靠著，沒有其他奢求。

他確實這樣做了。他扶起女人修長纖柔的右手，撫摸自己的臉頰。然後，趴在她赤裸的身上，緊緊地擁抱，嘴唇溫柔地貼在豐滿而白皙的胸部，親吻著黑玫瑰，貪婪地聞著雙乳間散發的女體芳香。

他的眼淚汩汩流下，沿著乳溝匯聚。

不知過了多久，他想起身。這才發現，女人也摟著他，輕拍他的背。他抬頭看她，她也瞇眼看著他。

阿北仔盯著擠在公寓大樓門口久久不散的人潮，忍不住再次搖頭。這次算是搞砸了，但是心裡卻感覺不到忿恨。這種感覺不好說，像玩躲迷藏，被找到固然不悅，但是如果躲得太好被同伴忽略了，恐怕更要懊惱。此時阿北仔也說不上來有什麼懊惱或不悅的。

「有張肉票要你幫忙，高行情的名醫，起價一億，成交價沒六千也得三千。」幾天前，阿和在手機裡憤憤地說起：「死白目，玩我的女人！」

「他是美容整型的權威，幫莉莉安除刺青時，把她迷昏、脫光、全身都摸透了。也不曉得算猥褻、性騷還是性侵！你也知道，莉莉安不是什麼善女人，別說沒證沒據，就算真有事，到底誰玩了誰也難說。但是，管他的。」

「去診所找過醫生，那醫生還算上道，低頭認錯，願意賠償。我想有共識就好辦事。開口喊兩百，你信不？醫生沒其它廢話，點頭了。唯一的要求，就是希望當面交給莉莉安，想開口求原諒。我沒意見，只是傻眼，都搞過幾百回了，還不知道莉莉安有這行情哪！」

「可是，莉莉安和醫生碰過面後，也不知道怎麼搞的。這幾天，她都避不見面，只在電話裡嘀咕，不想再跟我玩下去，還說張醫師很尊重她，一切只是誤會。最後跟我說，那兩百萬不能要，做人要有良心，不能欺負那樣的好人！」

「酒店咖，懂得什麼良心？我阿和出來混也不是一兩天，哪吞得下這種鳥事？問題出在這白目醫生身上，搞得我女人走了、錢也沒了！」

「他老婆知道人在我手裡，我也警告過了，要是上報消息，就等著收屍。醫師錢好賺，命也值錢。配合度還不錯，活票風險小，先擺在你那裡兩天，價碼談妥後六四拆，你不吃虧。」

「白目醫生叫什麼？」阿北仔隨口問了。

「張北海！」

「啥？」「張——北——海——」

阿北仔呀然無言。

張北海醫師從未有過這樣的驚悚——暗夜裡，就在自家的診所，頭部被罩上黑布套，頸部微微透著尖刀的涼沁，悄然被強押上車。

幾天前，晚診結束，他坐在診間的辦公椅上，靠著椅背休息。年輕的護士們在隔壁的護理間邊換護士服，邊相互低聲嘻笑。隨後，有人打開診間的門，嬌滴滴地招呼再見，他閉眼隨聲應了。稍後又聽到門被拉開，他以為是護士粗心忘記東西，雖然那腳步聲明顯陌生，他卻沒特別在意。

不管如何，情況還好，在他被帶走前，妻還未受驚擾，平安地待在樓上，聽得到電視機傳出韓劇那千篇一律、假假澀澀的配音。歹徒在車上明說了，只要錢，聽話配合就沒事。

和妻通話報平安時，即使被罩著頭套、雙手反綁，他也沒忘記討好綁匪：「吃、住都還好，他們講義氣，所以別報警惹麻煩，聽他們的，認真籌錢，他們不會為難人，我知道。」

其實，他什麼也不知道。繞過很長一段路後，他被送來這裡，為了避免激怒綁匪，他乖順地坐在床緣，連姿勢也不敢有大改變。一開始就被蒙上頭套他什麼也看不到——不論是眼前或未來。

小提琴聲乍然響起。

緊迫而急促，如風雨峽谷上車夫揚鞭、馬車急馳的小提琴獨奏，那是莫札特《二十五號交響曲》第一樂章的片段——阿北仔的手機來電鈴聲。

阿北仔耐心地聽著，心底默數三十秒後，再按開接聽。這是多年的習慣，手機那頭能耐心等待的都是熟人。

「阿北仔，我知道張醫師在你那裡！」莉莉安在電話那頭氣急敗壞地嚷著。

「他是老實人，沒招惹過我們，阿和要的是錢，不管錢有沒有到手，絕對不能動到人家。賣我這次人情，算幫我忙……」

阿北仔覺得意外，但是不想開口回應，直接掛掉手機。

他走近窗子，臉貼牆面向外斜望，公寓五樓的高度讓他能輕易地監控街道百公尺內的風吹草動。三分鐘前，斜對面的便利商店門口，有兩位衣著整齊的年輕摩門教徒對路人發送傳單，現在是一個像外勞，膚色偏黑的男子，站在落地玻璃窗外，喝鋁箔包飲料，看促銷活動的廣告。正對面是另一棟較新的公寓，牆面沒有外凸的陽台，方正的窗格均勻地分布，外觀顯得單調，在六、七樓處有幾戶住家窗子並未閉緊，窗簾偶而被風吹得微微晃動。

大致來說，十幾米寬的街區這麼安靜並不尋常。然而，任何角度都感受不到什麼危險的氣息，老舊的住宅區，又是上班日，理所當然就該這麼安靜。沒問題的，阿北仔對自己的觀察向來有信心。

真正不尋常的是眼前這位，雙手反綁，頭上罩著不透光黑套的「張北海」。他試著戲謔地喊這名字，對方拘謹地不敢回答，他感覺像自言自語，既詭異又滑稽。

可憐的肉票，因為無知而誤判自身情勢。他們總是惶恐不安地思索：為何是自己？被撕票了怎麼辦？事實上，這完全不成問題。撕票與否，在擄人勒贖規劃之初就已經確定。是活票，即使拿不到一毛贖金，最終還是活票，反之，該撕爛的，無論如何也不會僥倖。肉票該思考的應該是：會不會受到凌虐？依此思路，肉票是可以和綁匪多聊天的，只要關係好，不管活票、爛票都沒凌虐的問題。

幸運的，張北海醫師是活票，而且即使沒互動，阿北仔也沒想凌虐他。

他望著看不到臉部的張北海，心裡充滿困惑。為什麼從前都沒想過「張北海醫師」這幾個字組合後會那麼流暢自然？「張北海豆瓣醬」、「張北海滷肉飯」或「張北海白蟻專家」都不對，「張北海」這名字像一開始就注定是當醫師的，而且還是外科美容整形、雷射醫學的權威。

他很好奇，想看看這位張北海長得什麼樣子，也想問問「張北海」是怎麼變成醫生的？拿刀劃開人家肚皮的感覺怎麼樣？又是怎麼想到，搞整形也順勢搞起女人，詐財兼騙色，不簡單啊。

他也想像，其實兩人可以像兄弟，輕鬆地聊聊、話家常。

「張北海是個好名字，是不？」

「恐嚇、綁架哪天不發生？沒什麼可怕的，做兄弟的可以罩你，完全不用擔心喔。」

「床上功夫超強的，是吧？道上兄弟的女人被你搞上，出事了，還急著出面幫你說好話！」

然而，這種想像毫無意義。阿北仔只能潛藏、見不得光，更不可能和光鮮亮眼的張北海有任何交集。這讓阿北仔的心底頓時充滿挫折。

《二十五號交響曲》之後，情況沒有任何改變，緊接而來漫無止境的靜默，也讓張北海醫師感覺焦慮、沮喪、乏力。莫札特在十八歲時寫出這首以弦樂齊奏展現主題的奏鳴曲，被視為《安魂曲》的前導。燦爛的快板醞釀隱微的憂鬱，不管以後的第二主題呈現掙脫憂鬱的努力，然而憂鬱始終揮之不去，一切都徒勞無功，結尾以陰霾告終。

「徒勞無功、陰霾告終」這念頭即使短暫，也讓張北海醫師呼吸變急促。綁匪願意善了嗎？拿了贖金，會依約放人？還是殺人毀屍滅跡？

而阿北仔的挫折感是短暫的。

「那可不是你喔，你是阿北仔！」阿嬤這麼提醒過自己。說到底，人生就是擊發後，回不了頭的九毫米彈頭。此時此刻，該遺憾的是張北海醫師，竟然不認識殺手阿北仔！

現在，他想填補「張北海」的遺憾。

他要讓脆弱膽怯的張北海看見手握瑞士九零、狠勁十足的阿北仔。雖然隨意曝光自己，絕對不符合處理活票的原則，但這至少能為自己扳回一城！他忍不住心情激動。

阿北仔左手按在張北海的頭套上，右手抓起手槍，再三檢視，確認已清空彈匣、撞針和擊錘的保險牢牢地卡住。接著，槍管側邊貼近張北海的左頸，輕輕地來回擦磨，再緩慢地往上帶，下巴、臉頰，最後停在耳邊，食指緩慢施壓。沒有意外的話，扣扳機瞬間的輕微「嗑喀」聲將在張北海醫師的耳底轟然回響，他會嚇出屎尿，同時黑頭套也會被扯下，張北海將與他相視而笑。

張北海醫師揪緊著心。突然，頭部被壓制，冰冷的槍管頂在脖頸，然後沉穩地往上帶！他清楚感覺到握槍的手的力道和堅決的意志。槍管在耳旁短暫的停留後，他猜到，左太陽穴已經被鎖定為目標。一股極度的冰冷從腳底迅速竄散到全身，他首先失去表皮膚層的觸覺，大量的細微神經都緊張而混亂地匯入大腦，大腦在慌亂間無法做出相對的反應。知覺過載造成全身的痲痺感，那是醫學上瀕死的現象。

終於，扳機在最後的「嗑喀」一聲後靜默，淺淺的耳際還殘留一或兩聲子彈擊發、深陷頭部的悶響，腦底轟隆巨響還持續著。

最後的細碎雜音，對阿北仔來說純屬意外。

那不是SIG-SAUER P220的空槍撞擊聲，應該是對街公寓，七樓或八樓，穿過十餘米路寬，撕裂空氣的狙擊槍響，接連兩聲，即使套消音管也瞞不了他。

他心底驚懼，腦子卻異常清楚。幾乎與槍響同時，他蹲低、翻身、搶門。公寓樓梯轉角喧譁聲起，幸運的是，沒有想像中嚴密的警力，那些領月薪的公務員總是慢半拍。阿北仔沒他們想像的簡單，即使千鈞一髮，他也有辦法全身而退！

阿北仔從便利商店外的人行道站起，咧嘴冷笑。他不急著離開，直覺一切都已風平浪靜，警察也好、媒體也好、圍觀人群也好，都不再有任何威脅了。連殘存糾纏的一些雜訊，也漸去漸遠，他深吸一口氣，感覺從未有過的輕鬆。

張北海醫師由兩名員警護送下樓，人群一擁而上，阿北仔跨過街道，在人群裡往前擠，沒有什麼阻力，他努力推進到最前端，與張北海只有兩步距離，卻再無法前進了。

他忍不住心急，高聲喊出：「張北海！張北海！」

沒人理他。張北海醫師短暫停步，似乎抬頭側耳傾聽，隨行家人卻慌亂地攤開外套遮掩，之後又迅速推送上車、開走。阿北仔追了兩步，有些氣惱，終究沒能看清楚張北海。

人群再次騷動，媒體記者開始往另一邊推擠。

救護人員抬著擔架下樓。警方以高音量哨笛示警，企圖擴大警界線，激動的人群卻絲毫沒有退讓的跡象。不斷累積的民眾與戒護員警各據一方，貼近僵持，如同雙層的厚實人牆。

阿北仔再次被阻絕於人牆外，他墊起腳尖，只勉強看到擔架上覆蓋的白色床單。他急躁地往左、往右鑽動，可是除了看熱鬧的民眾外，這邊是扛攝影機拍Live的，那邊是抓麥克風搶採訪的，誰也不讓路。

他忿怒地大吼一聲，直接衝前撞去。誰擋得住阿北仔呢？

鎂光燈在他身後交錯閃動，相機「卡嚓！卡嚓！」在他耳後此起彼落，甚至警哨一聲急過一聲，他仍然毫無畏懼，衝前雙手抓住被推動的擔架。

擔架上的人從頭到腳覆蓋在素淨的白布底下，隱約嗅得出電擊燒灼後殘留的焦硝味。他伸手掀翻擔架上的白布，這白布卻又文風不動地從他手底穿過。

「是的，根據匿名線報，警方埋伏六個小時，在綁匪亮槍，直接威脅被害人生命時，特勤人員緊急開槍，目前被害人已平安獲救，而嫌犯阿北仔的頭部中槍，正送往醫院急救。詳細情形，稍後發言人有正式的記者會……」

阿北仔定住手，任憑擔架被推上救護車、任憑人潮從他身體穿透，他也終究明白，那細碎惱人，如呼號，如招魂的聲響是子彈在腦裡旋繞的回音，而這素白的屍布底下躺的，就是他——張北海，只是他不捨就這麼孤寂地離開人世。

等待的情人並未出現，只有夜鶯呼應了她的焦慮……。
想像你是那位遲來的情人，有沒有想投入女孩溫柔的懷抱，爲自己遲到而道歉的衝動？

小夜曲

「令尊是個好人！」有朋友在我的臉書上這麼留言。

拜網路發展之賜，交友輕鬆又迅速。就臉書來說，我曾經一天收到數十筆加好友的請求，然後，輕點滑鼠，電腦同步回應：「現在，你和某甲、某乙、某丙是好友了！」簡單明瞭且皆大歡喜。只不過，現實生活裡畢竟誰也不曾理會誰，夠熱鬧也夠寂寞的了。

留言的「朋友」用的名字是 Melody。

一個月前父親往生，喪禮極其簡樸低調，除家族至親，並未特別告知一般友人，所以 Melody 留言：「令尊是個好人」怎麼想都覺得突兀。何況，這過於簡略的留言，與生硬的電腦字相呼應，不著邊際、不帶感情，坦白說，話語中怕是埋針藏刺的。

從前電視搞笑綜藝節目裡，以豬哥為名的某主持人，喜歡冷不防地迸一句：「哇咧，恁娘卡好！」不管是攝影棚內還是電視機前的觀眾們，總會配合地一陣哄堂。笑歸笑，可沒人認為「恁娘卡好！」是真心問候觀眾諸君：「令堂，萬福金安。」我同樣無法理解「令尊是個好人」這樣的斷語，究竟是讚揚？問候？還是羞辱？特別是家父，就記憶所及，怎麼也說不上是個好人，不論於公、於私。

嚴制期間，行禮如儀，殯儀公司的服務人員與家母商議時，她條理而冷靜的態度，讓公司的業務主任讚賞不已，說是家母臨事不亂、處置有度，堪稱喪家典範。

「春秋六十就歸山成仙，怎麼說都算早了，心肌梗塞又事出突然，家屬難免大亂手腳，議事猶豫難有定見，科儀程序一天三變都是常有的事，搞得業務跟著神經耗損。而府上絕無這困擾，令堂對一切了然於胸，自有定見，情緒管控得宜，說實話——絕無冒犯之意，似乎曾經多次沙盤推演，早已坦然尊翁的離去。」

年輕的業務主任口無遮攔，卻說中家父母彼此淡薄的情感。

父親是學歷、職位都不高的底層公務員，但因為外表斯文、談吐有禮、思慮細密，深受單位主管器重。母親任教職，親友介紹初識父親，自然也為那優雅形象傾羨不已。直到婚後，她才驚覺，形象和真相截然不同，對於家父的人品，她確實看走眼了。

首先，父親不是什麼正派公務員，他遊走於私人企業與公部門之間，在非正式的授權下，透露官方工程底標、協助廠商包攬搶標、護航違規工程建案，然後索賄賂、要回扣、收佣金。他受器重是因為精通行政法規的漏洞，擅長遊走法令邊緣，文過飾非，萬一業務主管遭受質疑，他就是防火牆，慨然一肩承擔所有疏失，絕不衍生後續困擾。換句話說，他主要的工作就是擔任公部門的白手套和隨時背黑鍋。

再者，父親交遊廣闊，黑白兩道應酬不斷，凌晨兩三點才下班回家是常有的事。至於是什麼應酬？他也無從藉口搪塞，就是打牌、吃飯、酒店玩女人那回事。玩酒店那部分，尤其讓母親無法忍受，父親卻似乎樂在其中。他大喇喇地暢談酒店、理容院的小姐，從薄紗制服店的挑逗、粉壓按摩的激情，到泰式的變態陪浴，用語猥褻輕佻令人咋舌。

家母對自己的婚姻很悲觀，父親是十足的真小人，披著溫文儒雅的公務員形象，骨子裡卻是貪財好色缺德壞胚，天理昭彰，賠上整個家只是早晚的事。

父親對她的批評嗤之以鼻：「低階公務員，屁也不是一個。我靠腦袋，贏得上頭的信任和好處，礙著誰了？能出得什麼事？要說風險，外面經營公司行號的，哪個沒風險？賭得起、賺得來，就這麼回事！至於交際應酬，花的是廠商的銀兩，做的卻是自己的面子，酒色財氣都有著解決事情的大學問。總之，生活、工作都一樣，無非逢場作戲，魚幫水、水幫魚，各取所需，天道有常，我問心無愧。」

真要說父親的好，大概就只個性溫和這一樁。他幾乎不和家母起爭吵，即使母親用語尖酸刻薄，他也能笑臉示好，緩和紛爭。

我只看過一次父親動怒的樣子。

他漲紅了臉，一腳踹破客廳的日式拉門，然後進房間、蒙著被，不發一語。那天稍早，家母對他坦言，懷上的孩子拿掉了，是女娃。那陣子父親外遇的傳聞不斷，又遭檢舉貪瀆，政風人員連番上門，家母莫名恐懼。

讀大二那年，父親的生活突然回歸正常，準時上下班、拒絕額外的公務應酬。他臨摩名家書法、聽交響樂、蒔花植榕，生活態度轉為嚴謹。對人和顏悅色一如往常，但看得出敷衍，或說是漫不經心，偶而聊天說笑也含蓄保守，再無從前的囂張和自信。

「騙不了人！準是工程標案又出問題，要不就是搞女人，惹上麻煩了。」家母冷冷地說：「記著，別遺傳到那個樣！」父親聽著先是錯愕，然後搖頭、誇張大笑，始終無意反駁。

不管如何，我給 Melody 發了私訊，在網路世界裡雖然假假真真，但就怕失禮疏忽了熟人。

等了幾天，Melody 回覆了：「李玉兒，你可能不記得。」

李玉兒？我忍不住驚呼。

我當然記得玉兒。

高三那年，我注意到鄰居和我同年的女孩，她總是衣著潔淨如新，總是低頭碎步疾走，她就是李玉兒。

那時舊家閉塞的巷底就我們兩戶，她們是改建的新式屋，半年前遷入，和我們的日式舊宅共用一個庭院。玉兒的家很漂亮，當雙層窗簾拉起，從庭院就能看到客廳裡豪華的擺設：純白的皮沙發、閃閃透光的水晶燈、粉綠色的牆面、多隔層的玻璃酒櫥，更裡面還有烤漆黑亮的大鋼琴。

入夜後，玉兒家會有鋼琴聲傳出。應該是擔心擾鄰，所以窗門緊閉，窗簾遮蔽，琴聲顯得壓抑悶塞，一如客廳曖曖而出的微弱光影。靜夜裡，曲樂若有似無，更是悠揚動人。

那些流淌而出的鋼琴曲我幾乎都不懂，只能瞎子摸象般，在支離破碎的音符中尋找似曾相識的片段。僅有的例外是舒伯特的《小夜曲》。

那次，鋼琴聲持續到深夜。我走出書房，看到父親佇立庭院邊，他剛「下班」回來。

「你也聽到鋼琴聲？」父親脹紅臉，渾身酒氣，卻不無得意地說：

「《小夜曲》！舒伯特的。」

「那是舒伯特的隨興作品，在某次喝醉酒，非正式的場合裡胡亂彈出，沒想到演奏結束，聽眾們竟都起立鼓掌長達數分鐘。這樂曲的每個音符都能穿透人心，簡直渾然巧妙。」

「注意聽，這是雙部曲式，大小調交替發展，所以有迴旋的效果。迴旋技巧也不複雜，開始是D小調旋律模仿吉他的輕盈婉轉，接著是八小節抒情和緩的間奏，然後會轉成D大調，加強變化音，讓感情變得激昂。就這裡，聽到沒？吉他般的伴奏沒變，再來又會出現八小節間奏，最後還會回到D大調，由強漸弱、漸弱……這就完美收了尾。」

「樂曲中，美麗的女孩正在夜空下輕聲歌唱，歌聲穿過黑夜，隨風迴盪在幽靜的森林裡。此刻，皎潔的月光灑落大地，風吹樹梢如戀人的絮語，或許還帶著月桂葉的香味。等待的情人並未出現，只有夜鶯呼應了她的歌聲，用清脆甜美的聲音為她傳訴愛情，希望那銀鈴般的歌聲能感動情人的心。想像你是那位遲來的情人，有沒有想投入女孩溫柔的懷抱，為自己遲到而道歉的衝動？」

「王羲之酒後的蘭亭序，被稱為行書第一；舒伯特醉後彈出的小夜曲，也是情歌第一。所以，酒不該被汙名化，是不？」

那是很不可思議的經驗。月光下，鋼琴聲中，聽散發嗆鼻酒味的父親談舒伯特的音樂。坦白說，這也是記憶中，父親留給我僅有的一次好印象。

我給玉兒寫過信，說到夜晚的鋼琴聲，說到舒伯特、小夜曲、情詩。少年情懷，企圖明顯，但是，她沒有任何回應。不久，玉兒搬了家，彼此再沒見面。

玉兒搬家，是在那次瓦斯中毒意外之後。

大學聯考將近，我徹夜讀書。父親穿四角大內褲、裸上身，閉眼躺在庭院的藤椅。相當罕見的靜夜，沒有鋼琴聲。

忽然，急促而高亢的呼號，玉兒的母親接連放聲哭喊：「救……救……救人、救人啊！」

父親幾乎不加思索，彈身而起，衝進玉兒的家。稍後，巷道有人開門、推窗探望，然後遠近人群開始聚集。

父親抱出玉兒。玉兒全身濕透，包覆著浴巾，慌亂間，浴巾大半拖垂地面，她饅形凸起的胸部緊貼在父親赤裸的上身。或許是濕滑的身體難以使力，走幾步後，父親蹲下身，右臂伸過她的腋下、左臂穿過鼠蹊，環手側抱，再起身快步奔走。

與父親錯身時，我看到玉兒的臉埋在父親胸前，紺紅的手臂環著父親的脖頸，如微醺後酣睡，絲毫沒有恐怖、致命的氣氛。然後在父親臂彎處、貼近玉兒的下部，我看到那稀疏而神祕的陰毛，心裡猛然接連撞擊，耳底轟然失神。家母隨後追上，迅速為她塞好浴巾，又脫下薄外套覆在她半裸的下身。

之後，再沒聽到玉兒的琴聲。搬離的前一晚，玉兒家忽然門窗大開，琴聲徹夜，熟悉的、陌生的曲子接連不斷，幾乎可以感覺到玉兒的指尖在黑白琴鍵上恣意的彈盪、滑動。那放肆而囂張的琴聲，透著緊張和壓迫感。

夜深以後，短暫的安靜，然後舒伯特《小夜曲》和緩響起，那對話般的旋律，如泣如訴地迴盪在庭院，在我心底勾起陣陣的顫抖。至今，那是我聽過最動聽的鋼琴曲。

我發訊息給玉兒，希望見個面，畢竟故人重逢，不容易啊。

玉兒爽快地回覆：「見面當然無所謂，只是十幾年了，歲月悠悠，各自匆忙，見了面找不到共同話題，彼此尷尬，怕是會後悔的。」她語氣模稜兩可，卻還是留了連絡電話。

我並不擔心話題，倒是年少的印象早已模糊，萬一相見不相識，或認錯人，那才真是尷尬。玉兒在電話裡笑說同感，然後詢問是否方便就近在她的住處碰面，而且，還是中午休息時間為宜。

「結婚了吧？」她吃吃地笑：「可別被誤會，害您添麻煩了。」

我說未婚，目前和母親同住。

玉兒的聲音甜柔，毫無彆扭羞澀，談吐中有一股自然的親和力，一種引人遐思的魅力。她的聲音，之前我毫無印象。

第一次到玉兒住的公寓大樓時，覺得很意外，那雖然不是什麼知名的豪宅，但從建築格局、門禁管理來看，絕對稱得上高級住宅，普通薪水階級應該也住不起。

我在大廳門外探看，管理員隨即過來盤問，然後堅持我應該進大廳會客。

大廳會客區擺放幾組原木扶手的沙發桌椅，純白大理石桌面擦得潔淨如鏡，在垂掛的鵝黃色水晶燈映照下，更顯得晶光閃爍，華麗高貴。

中午時間，會客區沒什麼人，我看看大廳的自動門，又看看電梯門，深怕沒在第一時間認出玉兒而失禮。

幸好我的擔心是多餘的。稍後，玉兒走出電梯門，望了我一眼，就臉帶微笑，毫不猶豫地走來。

我慌忙起身，玉兒含頷點頭，然後在我對面坐下。

「認得你，你和令尊長得像。」玉兒笑說。

玉兒身高沒多大改變，一百六十公分上下，削瘦而秀氣，絳紅的唇在白皙的臉部襯托下，很是出色。穿著簡單的居家服，蘋果綠的寬領短衫，純白的七分褲，束著稍高的馬尾，俏麗而精神，除了口紅，沒有其他刻意的妝抹。

「怎麼挪出時間的？我記得你說過你是建築師吧。」她盯著我說：「知道你很能讀書，當鄰居時就注意到了，你房間總是通宵亮著。」

玉兒的眼睫毛很長，輕眨時在眼瞼前端形成一波美麗的扇形弧線，很好看。

「從前倒沒想過做建築，每天在事務所搞執照圖、施工圖、製作發包預算書，林林總總可沒有想像中的有趣，坦白說，就是另類社畜，混飯謀生吧！」

「是啊，都只是工作罷了，」玉兒順著我的話，愉悅地問：「怎麼還沒結婚？」

我笑著反問：「妳呢，結婚了？」耳根卻莫名地一陣灼熱。

玉兒稍遲疑，隨即大方地搖頭。然後起身走向大廳旁的自動販賣機、投幣，帶回兩罐咖啡。她身材勻稱，走在冷清的大廳，特別亮麗搶眼。

「看我多失禮，飲料也沒準備。」玉兒笑著把咖啡遞給我。傾身向前時，前襟敞開，我連忙把視線移開，她也技巧地按遮領口。

大廳傳出微弱的鋼琴音樂聲，我想起她的鋼琴。

「還彈琴嗎？」

「早不碰鋼琴了。」玉兒往椅背躺，輕鬆地回答：「音樂啦、藝術啦，要天分、要興趣、要有錢有閒，我沒那條件。」

「那不太可惜了？」

「倒也不至於，學過的東西大致不會憑空消失，像游泳、腳踏車、烹飪等，鋼琴也是，指法什麼的，都根深柢固地藏在指尖，忘不掉的！」

「有一年去沙巴，看到飯店大廳正中間擺著演奏廳級的白色平台大鋼琴，琴上橫放一大束紅玫瑰，挺好看的。琴鍵是上鎖的，問櫃檯找鑰匙，開琴試音，走音不嚴重，反正沒事，順手就彈起來。開始也擔心自己指法生疏，玩笑地彈起巴達捷夫斯卡的《少女的祈禱》，就是垃圾車那曲子，同伴都覺得有趣，嚷著安可，大廳裡一些金髮的洋人也有鼓掌的。欲罷不能，其實自己也手癢，所以納西索・耶佩斯的《愛的羅曼史》、莫札特《土耳其進行曲》也接連上場，到帕海貝爾的《卡農》時，我閉著眼，感覺是指頭在琴鍵上的自主反應，什麼指法、輕重、情緒，都和自己無關，和那群起哄的觀眾一樣，我也是旁觀者，只是貼近琴鍵罷了。」
「那次意外的隨興演奏讓我在同伴間成了話題，也贏得些實質的好處。那是題外話，想說的是，閉眼彈琴的感覺超好，指頭與琴鍵原來可以這麼深刻的契合！有時候看似疏離的事物，或許並不那麼陌生。而自以為熟悉的，像自己這雙手指，多盯著看一陣子，就覺得似乎也沒那麼了解呢。」
玉兒笑著撫弄自己的手指，那手指纖白柔美。
我笑說，自己是音樂白癡，沒能體會出那種境界。玉兒客氣地道歉，是自己把話題扯遠了。然後，她問到建築事務所的工作，雖然建築的話題枯燥乏味，她始終禮貌而專注聽著。
再稍後，她抬腕看了數位表，抱歉地說還得忙。
我趕緊起身，也說得回辦公室。
「還會來看我嗎？」玉兒略顯不安地問：「雖然很久不見，我們還算是朋友吧！」

我歡喜地點頭說是。

玉兒笑得燦爛，陪我走出大廳門外。

「對了，」在我轉身時，她才想起：「你剛問的，其實我結過婚，又離婚。」

我詫異地回過頭，玉兒卻一臉輕鬆，揮手叮嚀：「記得給我電話。」

再接到玉兒的電話是一個禮拜後。

「怎麼都沒來電？等著呢！」她語氣埋怨，也像撒嬌：「不是說，沒事多聯絡的嘛！」

我連忙道歉，推說工作忙。其實我也想撥手機給她，只是總找不出合適的藉口。

然後，玉兒說還有好些話想聊，希望午休時能再碰面。

我在午休前到大樓，玉兒已經在大廳候著了。

「知道你還在上班，但是沒辦法，只能用中午時間。」玉兒抱歉地說：「再稍後，我也還有班呢。」

玉兒還是一身休閒裝扮，鵝黃色的緊身圓領衫、白色短褲，短褲下是淺褐褲襪，身材曲線突出，腿部更是性感。

我不好意思直視，只能假意看桌上的飲料。

「沒事，就想看看你、找你聊聊。」玉兒用手指輕輕點我的手背：「對了，沒和你談到我的工作。其實，我在酒店上班，便服酒店公關。不至於因此看不起我，當不成朋友吧？」

我深吸口氣，想表現平靜些，卻還是忍不住問，是怎麼回事？

「就是工作罷了。」她笑著解釋：「不完全像你想的那樣，公司還算正派，不灌酒，不強迫出場陪客。同事也好，客人也好，相處還算愉快。之前也說了，托鋼琴之福，同事、熟客知道是會鋼琴的，另眼相看，態度上也尊重些，鋼琴這事說來還是有意思的。」

記得玉兒的家境不差，何至於到酒店上班？

「你不懂，我家其實不比你們家平穩安定。」玉兒搖頭，低聲說起：「高中畢業前，我們匆忙搬家，就是因為房子被法拍，不搬也不行。」

我很驚訝，完全不知道有那回事。

「當年我母親被包養，金主是進口車商，姑且也稱之為父親好了，他以公司的名義為我們買下房子，之前我們確實算是富裕的，有足夠的生活費，還能趕流行學鋼琴、跳芭蕾。」

「被迫搬家，我母親該負最大的責任，當那麼多年小三，竟然沒辦法在自己名下要棟房子。那年父親的財務出問題，公司財產面臨清算，我們的房子根本逃不掉。」

「母親曾經去求大老婆幫忙。對方可沒什麼好口氣，說是這些年來該給的生活費從沒少給，現在債務龐大，男人跑路了，別說東山再起，怕是早晚落得被收押的下場，誰知道那死人外面還有多少女人？怎麼幫？說到底，也都只能各自找生路了。」

「那時我還鬧自殺，記得嗎？」玉兒抬頭問。

「自殺？是瓦斯意外那次？」

「才不是什麼意外！」玉兒笑著說：「那時家沒了，母親天天哭鬧，像世界末日哪！」

「那晚，我在浴室裡，心底滿滿的悲傷與忌妒。鄰居——就你們一家人，單純安定，從沒有什麼爭執紛擾。你父親，個性樸實而負責，夜深加班回家，就架起涼椅躺在庭院裡，靜靜地守護家人。怎麼我母親就找不到這樣的好男人，只把生活搞得一團糟。不怕你笑話，扯掉瓦斯管線前，我還真想過，乾脆讓母親去求令尊收留我們算了。」

「大學聯考我放棄了，反正以我的程度也考不出什麼像樣的學校科系，之後就在酒店做出納助理。母親反對我到酒店上班，即使是單純的出納會計。但我們的經濟是大問題，而她自己的問題也不小，長期的憂鬱就夠她受的了。」

「當然酒店的待遇比一般公司高，或者我也是故意要激怒母親，說不清楚當時真正的想法，大概是氣忿她找錯男人，落得一無所有，還把家給毀了。」

玉兒的臉上始終有著淺淺的笑容，彷彿都是陳年舊事，她也不那麼在意。

「我早婚，或許也和母親有關。廿四歲結婚，前夫是酒店的客人，如我要求的明媒正娶，算是做給母親看的。雖然離婚早，卻不關我前夫的事，他是老好人，讓我在家當少奶奶，還任我使性不生孩子。完全是我自身的問題，感情那種事，說不上來，四年婚姻生活，感覺就是輕飄飄地使不上力，一顆心像被掏空，然後被迫塞入莫名其妙的東西，自己都被自己嚇到。」

「沒有太多爭執，離婚前已經分居半年。這公寓是前夫給的，他說是我喜歡才買下的，當然就留給我，我要求自己負擔貸款，他勉為其難同意了。」

「別看我現在說得多輕鬆，其實也徹徹底底哭過一陣的，都是善良的人，沒來由卻互相傷害了。可是你知道嗎？回酒店上班，我的心底爆起如雷的歡呼，我明明空無一物，卻有滿滿的踏實感。」

我無從想像在酒店上班的踏實感。

玉兒搬家後，那房子空了好長一陣子，我曾經納悶，反正是空屋，幹嘛非搬不可。後來北上唸大學，也時常想起她，想她穿著秀氣的女校制服，低頭疾走的清純模樣、想她纖細的巧手在琴鍵上輕盈地跳躍、想她裸身的下部烏亮的體毛⋯⋯。

「記得這個吧？」玉兒從手提包拿出一張頗有年分的卡片，笑著說：「當年你遞給我，什麼話也沒說，挺可愛的。」

我翻看卡片裡寫的：「冷清的庭院，因為妳的小夜曲而變得不同，感謝妳的鋼琴聲，讓乏味的夜讀充滿韻味……」高中時期的字跡，記得當時反覆抄寫多次才下筆，那刻意的工整字跡卻更顯幼稚，看得讓人尷尬。

「我不知道該怎麼回覆，寫不出你那種文縐縐的話嘛，」玉兒眨眼笑說：「我想過找你直接問，你是喜歡我吧？我也喜歡你——和你的家人，你可以大方地靠近我啊。」

我的耳根又是一陣麻燙。

「我可不是翻舊帳，找你負責什麼的，商業本票追訴期也都只有三年，這可算不得帳。卡片我一直收藏著，就當拿出來敘舊玩笑罷了。不過，」玉兒深吸口氣，認真地說：「諸如此類的小事，點滴都在心上，揮不去，也沒想揮去，擱心頭的大小事都是苦樂摻半，說不定快樂的成分應該還是多些。」

「就這事來說，」玉兒指著卡片：「如果不是後來發生的事，把生活打得一團亂，應該不至於這麼草草結束。」

「我們會同時讀大學，當然不會同校，但是假日我們會膩在一起，偶而會有小爭執，但是最後你會讓著我，想也知道，你們一家人都有好脾氣嘛。然後我們一起畢業，一起找工作，最終走向婚姻。你還是當你的建築師，我當然不會是酒店公關，至少就是個全職家庭主婦，跟你說，我廚藝一流，料理魚的功夫更是沒話說，改天再讓你嚐嚐。說到哪？對了，我們也會生養兩三個孩子，從此過著幸福快樂的日子。」

玉兒說得悠然神往，突然語氣一轉：「可別笑我這樣的熟女還有著那樣的純情青春夢，這些話只對你說，也只能對你說。說不定當年你也是這樣想像的！」

我點頭同意，心底一陣涼甜。

「但是，房子法拍、自殺、搬家這些事，讓後續走了樣，我們共同的夢想就只能歸檔，像學鋼琴那回事一樣，如今就只能當故事說笑了。現在，機緣巧合，我們又見面了，未來也許會喜歡彼此、真誠相愛、甚至上床，但是不管如何，那都是另一回事，和之前的青春夢想截然不同。」

「別笑話我在酒店上班，臉皮厚。」她輕聲地自我解嘲：「當你是知心朋友才說得這麼百無禁忌，能理解嗎？」

我紅著臉，點頭說懂。

和玉兒碰面大致上就是這樣：在會客間喝飲料、聊天。稍後，她準備去酒店，我趕回公司。玉兒的魅力不只是舉手投足間賞心悅目的優雅，在敘舊述往時，她坦然無心防，流露出的真誠和信任更讓人喜歡。

玉兒邀我去她家是在一個月後。

「來這裡一起吃晚餐可好？」手機裡玉兒的聲音顯得雀躍，她說：「只是簡單的清蒸鱸魚，上次說了，是我的拿手菜。」

我興奮地答應下。

事出突然，臨時給母親電話，說是公司加班。母親頗有抱怨，語氣卻是曖昧：「不早說，飯菜都準備了。喔，該不會是和女孩約會，臉皮薄不好說？可以的話，直接帶回家不更好嗎？」

和玉兒一起進大樓電梯按樓層時，我碰觸到她的胸前，感覺是沒有穿內衣的豐潤，我連聲道歉。她卻神情自然，嘴唇微動，聽不出是說謝謝，還是沒關係。

玉兒住六樓。進門客廳裡擺著全組L型白沙發，天花板是交錯紅、黑、白三色的幾何琉璃片的藝術吊燈。壁面淡粉藍，牆面鑲嵌大尺寸的液晶電視、高功率直立喇叭，客廳旁有對向兩間房，應該是臥室和書房。更裡面是廚房，全套咖啡色系的歐化廚具，光可鑑人。廚房是客廳的延伸，隔著半堵及腰的原木吧檯。

她領我到廚房，橢圓形柚木餐桌上有兩個大瓷盤，擺盤精緻。

「特廚法式鱸魚。」玉兒自信地說：「不誇張，電視名廚阿基師、詹姆士都不見得比得上。」

那是片肉斜切的鱸魚排，先蒸再烤過，上頭還有羅勒青醬勾薄芡，不論配色或味道都非常像樣。

「有法式餐廳的感覺！」我發自內心的讚美。

玉兒笑得燦爛，切下一小塊後，將大部分推到我盤裡。

「沒其它東西了，得讓你吃飽。」玉兒得意地說：「清蒸鱸魚有風險，有時魚腥和土味太重，就會讓人倒盡胃口。不過我有獨門祕訣——削地瓜皮一起蒸，醬汁混入少許地瓜泥，什麼噁心的味道就全消失，只保留鱸魚鮮美的原味。」

我驚嘆長知識、開眼界。

「知道嗎，酒店小姐一般不吃魚的，不只鱸魚，所有的魚都不怎麼喜歡。」玉兒邊看我吃邊說：「解夢的說，魚和性是一體的，魚嘴、魚身象徵性器官；魚水之歡是性愛；抓魚、吃魚都是欲求不滿的性暗示。在酒店上班還想著魚，當然要鬧笑話了。」

這是開我玩笑嗎？我放下刀叉抗議。

「不不，保證沒有任何隱喻暗示，只是忽然想到。」她笑著道歉。收理餐盤時，玉兒不准我幫忙，堅持讓我坐到客廳去：「看電視、雜誌都好，就當是在自己家，我喜歡這樣。」

我坐在沙發看著玉兒的背影，帶腰身的粉紅圓領T恤、牛奶絲緊身褲，從脖頸、背臀到腿部形成流暢而平滑的身材曲線。我想起那粉紅T恤底下沒有內衣。

忽然，玉兒轉過身來，盯著我的眼睛，我閃躲不及。

「你和令尊真的很像。」玉兒沒有走向客廳，只倚靠在流理台，微笑。

「性、愛並不像煮魚、吃魚那樣容易，」她手指輕叩流理台邊緣：「知道那時是令尊把我從浴間救出來的？」

我愣了會，然後點頭。

「其實，那時我還有一點意識，只是暈眩、癱倒，母親喊救命的聲音，聽得很清楚。令尊衝進來、木框紗門猛地開闔，蹲身抱起我，我想推開，手腳卻軟弱不聽使喚，就這麼一絲不掛被人緊抱著。」

「到巷口的一小段路，感覺走了大半世紀，我低頭貼在他寬厚的胸膛，聞到那陌生的陽剛氣息，他赤裸的上身緊貼著我，我心跳紊亂，卻只能拚命壓抑。那手臂環過我大腿內側，慌亂奔走時一再擠壓著我的下部，我想出手阻擋，終究只能乏力的環在他的脖頸。我的身體急遽發燙，一陣顫抖後，我彷彿失禁，然後從脊髓迸出強烈的抽搐，那失重的感覺讓我陷入極度的恐慌，擔心自己喊出聲，幸好我只是緊貼在他的胸前喘息。」

「暈眩、發紺、顫抖、失禁，這是瓦斯中毒的現象。可是我後來才知道，那晚的激烈反應和瓦斯中毒無關。」玉兒低頭說：「被陌生男人摟在懷裡，還迸出那種感覺真讓人難堪哪。」

「我心裡有東西被挑出，而且不停地衝撞。我又慌又怕，家裡正亂著，找不到人說，只能瘋狂地彈琴，讓手指、手腕、小臂、全身累得什麼也想不來。奇怪的是，即使身心俱疲，我卻再也沒想過尋死那回事了。」

「搬家後，我去找過令尊。看得出他的驚喜，我笑著想向他道謝，才開口就哽咽，眼淚全上來了。他靜靜地看著、等著，我終究什麼也沒說得出口。」

「找工作時，我想到找他幫忙。那時，我在外獨自生活，需要穩定的收入。他親切而熱心，很快地動用關係，幫我問到幾樣做得來的工作，文具行的倉管、建材行的會計、印刷完稿助手等，我嫌待遇低，他笑說我這年齡除非酒店，否則哪來高薪？我賭氣說，那就酒店。」

「令尊當然是說笑，可我卻是當真的。酒店工作環境複雜，但我確實需要較高的收入，另一方面，我信任令尊，他讓我有安全感。有他在，即使到酒店工作也不會有事，我是這樣盤算的。懂那種感覺嗎？想像愛你的人，用強壯的手臂牢牢地抓著你，在崖邊懸空晃蕩，那種無害的刺激，是不是很有趣？」

「這樣的信任是不是太冒險了？」我質疑地問。

「令尊也被我嚇到了，但在我的堅持下，他勉強同意介紹我在酒店協助出納登帳。在我上班的酒店他逢人就說我是他乾女兒，盯著要經理、領班特別關照，何況，我只幫忙內部帳目，不做小姐場子，所以工作超乎想像的單純。」

「你可能不相信，令尊在酒店裡很受歡迎，他陪同的都是高級客、高消費，不賒欠、不亂扣小姐節數，場內和小姐們嬉戲玩鬧，場外卻客氣尊重，我當他的乾女兒算是沾光了。」

「幾個月後的輪休，我藉口生日，撒嬌要他來我租處幫忙慶生，他爽快地答應了。那天過了凌晨他才到，一臉脹紅。看我準備的半打啤酒，和下酒滷菜，推辭說喝不了。我喊他阿爸，還搶著把啤酒全開了瓶，他搖頭笑罵我亂來，卻還是開心地喝上，後來又怕我學會喝酒，所以連我的份也喝了。」

「然後，他喃喃地說得走了。其實，喝到最後他是閉眼強灌的，哪還回得了家？所以我要他在床上睡會兒。他稍有推拖，然後只捱著地板躺下。我看他放心地沉睡，傾聽他節奏而壓抑的呼吸聲。忍不住，解開他的襯衫，輕撫他的身體。然後，脫去自己的上衣、內衣，裸身貼在他那寬厚結實的胸膛，我閉上眼，感受他酒後的燥熱、規律的心跳，想像他緊抱著我……。」

「不知過了多久，他呼吸、心跳變急遽。再稍後，他驚醒，奮力把我推開。起身時，他一陣踉蹌，只能靠著牆，顫抖地把襯衫扣上。我遞給他濕毛巾，他沒接下，只是輕聲道謝，然後低頭出門。」

「之後，他一如往常在酒店走動，還是被小姐們簇擁。我靠近喊他，他只是禮貌地應諾，這讓我很是苦惱，他怎麼可以這樣若無其事呢？」

「有一天，我告訴他，想轉做小姐。他緊張了，要我離開酒店，說早擔心公司會『洗小姐』。酒店裡對員工、小姐們洗腦遊說，鼓勵她們和客人出場，或其他服務來增加收入很平常，也幾乎是必然。」

「當然不是那回事，我說是受不了其他小姐和他親暱緊貼摟抱。他看著我好一陣子，然後很正經地道歉，說自己做了最壞的示範。之後，他來店的次數明顯減少，大多是陪朋友來，和領班經理、小姐們打招呼，稍作吩咐就離開。不只我們店，這圈子裡沒什麼祕密，就我所知，他在其他地方也是這樣。我忍不住問，為什麼？他大笑說，是被政風特派員盯上啦。」

「政風特派員？」我不懂這名詞。

「哪有什麼特派員？他是在嘲笑我，監督他不能碰其他小姐。他能體會我的感受，不碰酒店的小姐。但是，對我嘻皮笑臉、避重就輕又算什麼？」

「他裝傻，我卻氣惱他對我無視。之後在酒店碰面，我也故意對他視若無賭，我知道他放不下我，至少他得擔心我被洗下海，我不相信他沉得住氣。我們就這樣彼此冷漠將近一年。然後我告訴他，我要結婚了。他驚愕不已。」

「我說，對方大我廿歲，殷勤追求、貼心呵護，簡直是把我捧在手心。在那瞬間，他臉上的自信、光采完全消失，只剩生硬、茫然與失落。那偽裝的笑臉顯得可憐，我的直覺是對的，他不可能不動心，他推開我，想保護情竇初開的小女生、想保護自己的脆弱，其實什麼也保護不了。我贏了，從裸身擁抱走過長巷的那個夜晚，他就該屬於我的了。」

玉兒盯著我，沉默好一會。

「婚後離開酒店，我一點也不快樂。特別是在床上，我感到極度的痛苦與不耐，只有想像壓在身上的是他，那痛感才會稍微舒緩。即使如此，長期以來混雜著背叛、不忠的罪惡感仍讓我備受煎熬，不得救贖。我也是努力過的，看心理醫師、吃鎮定劑，最後前夫也承認無能為力了。」

「婚後，我和令尊見過一次面。」

「他說：很懷念聽我的鋼琴，生澀遲緩的手法把舒伯特的《小夜曲》弄得七零八落，但在靜夜裡，那些零落的音符、音節卻意外傳神地表現出女子羞澀低切的呼喚。然後，他嘆氣說，婚是不是結得太急了？我問他，有沒有對我動心過？他說，那不重要，重要的是，他對我有責任。後來我知道了，他只關心我的生活，和我對他不一樣。」

「離婚、回酒店坐檯，我都沒告訴他，但我不認為他不知道，即使那時他幾乎已經不再上酒店應酬了。」

「在酒店上班這些年，一直都有離職的同事邀我，合夥開店做服裝啦、花藝啦、簡餐什麼的。我原本不當一回事，可談久了還真有譜呢，目前經營的韓系服飾店還像樣，順利的話，以後也不上酒店的班了。坦白說，現在的酒店花樣多，不是年輕辣妹還真玩不來。服飾店的合夥人和令尊也是舊相識，後來她說溜嘴，原來營運的資金有大半就是令尊幫忙的。」

「我常想在幽靜的夜裡再為他彈鋼琴，也想在酒店裡依偎在他懷裡撒嬌耍媚。至於喜歡哪個多些？卻又覺得為難，幸好那都只是無聊的想像罷了。」

之後沒想再和家父見面嗎？我問。

「見面又能如何？」玉兒搖了頭。

我訥訥無言。

偌大的客廳，變得寂靜而尷尬，我忽然想到，此刻，母親是否也正為餐桌上多餘的晚餐而獨自苦惱著？

「嗳！」她低聲問：「抱一下可以嗎？」

我還沒會過意，玉兒已經貼身緊抱過來，那凸起的胸部壓得我不敢放肆呼吸，她側著頭靠在我肩上，髮絲散發陣陣誘人的香味，我腦底變得更混亂了。

「你和父親有相同寬厚的胸膛、臂膀。」玉兒拉過我的手環抱她的腰，然後，在耳邊吹氣般細語：「相信嗎？他連我的手也不願意碰。」

我緊摟著軟柔的玉兒、想起謎般的父親，竟覺得從未有過的沉重。

現刣的閹雞省電宰費用，免像肉雞、仿仔雞粗粗俗俗，切片剁塊做買賣，費氣費觸閣薄利。其實，賺錢猶是小事，對蔡仔來講，若袂使刣雞，「刣雞蔡仔」變成「唬爛蔡仔」，彼著眞正是見笑代。

刣雞蔡仔

天色熹微，菜市仔的停車場猶無偌濟車輛，蔡仔急彎急擋，帆布貨車拄好甩入停車格，副駕駛座的秋月額頭磕著正爿的車窗，嘴內嘈嘈唸著：「慢點、慢點。」蔡仔心內冷笑，查某人就是查某人，驚東驚西！

車後廂的鐵籠仔「碰！」一聲，坦敧摔落來，伊自後照鏡看，籠仔內彼四隻大閹雞猶原跔低闔目、文風不動。蔡仔搖頭幹譙：真正不知死活的禽牲！

這是平常日，若換做初二、十六做牙拜神，市仔內內外外攏是人車滾滾，停車場亦會排攤位，彼時貨車進出攏有問題，哪會當像這陣囂掰假勢？

蔡仔開門落車，拄好對著吊佇圍牆邊，市場自治會的宣導布條：「即日起本市場全面禁止宰殺活禽」，伊看著紅布條顯目的白色大字，咳痰隨著「幹」字，氣怫怫呸落。秋月當做無聽亦無看著，家己用手攄車卸貨，攄入市場內。

兩點鐘前，透早四點半，蔡仔共秋月著開始工作，伊兩人穿著塑膠雨鞋，行佇四界攏是雞糞、雞毛的肉雞批發市，蔡仔是老主顧，行口的雞販仔攏相爭派菸、送檳榔，推銷拄即運來的活雞仔。蔡仔身軀矮肥，佇批發市場內卻是自信滿滿，伊指揮秋月驗看行口的雞隻：雞喙尖、翅尾尖、爪節尖，胸腹厚，「三尖一厚」的仿仔，才有正土雞的口感。然後，伊家己走入後頭，自大雞籠內揀珍珠大閹雞——彼是早前人客注文的。

雞髻萎垂、頭面粉白、體格粗勇、足十二斤。熟度拄好的閹雞，油層分布齊勻、肉質幼嫩，絕對無臭臊味。揀閹雞，倚靠的是智慧共經驗，先前阿華學袂來，現在的秋月當然亦無辦法。

了後，蔡仔高聲喊喝，催趕雞販仔裝籠、上貨車，秋月揀的仿仔雞猶需要送電宰場。電宰場距離批發市無遠，但是做零售的雞販仔攏揑佇這陣入場，零售市仔禁止刣活禽了後，單是電宰領號、排隊至少著等兩個小時。

等候電宰的時間，蔡仔共秋月就近吃早頓。自透早至這時，秋月攏無話句，無論是揀雞仔，猶是吃飯的時陣，蔡仔著無仝，無幹譙著食袂落腹。

「幹！刣雞販仔不准刣雞，這是啥洨？」蔡仔越罵火氣越大：「禁刣活雞，分明是官商勾結，電刣現起五元，想看這一透早多賺幾百萬？孤門獨市的生意，爽著電宰場的頭家。使恁娘咧，這陣電宰場開公司、閣兼批發，雞販仔批刣便的電宰雞，毋免揀雞、毋免刣雞，清彩人會曉 7-11『歡迎光臨』、『謝謝光臨』的，攏會使來做雞販仔賣雞肉！」

「啪！」秋月聽著起厭懶，甩落碗筷。

蔡仔一陣驚嚇、噤聲，這時著會想起牽手阿華的好處。

阿華好性地真是無話講，來行口揀雞時，若無合蔡仔的意，外家的祖公外嬤攏會予伊請出來幹譙，罵甲閣再歹聽，伊亦是頭犁犁，有時猶著輕聲道歉。平常時，蔡仔若是罵東詈西當做消遣，伊嘛著小心陪笑，恐驚打壞蔡仔的好心情。秋月是外人，毋比阿華，袂堪著聽粗話幹譙，甩碗筷猶好，有時起惡面，睨目、翻桌、垃圾話直接罵返去攏會。秋月之前亦講足清楚：刣雞、賣雞肉攏是幫阿華的忙，無可能為賺彼幾百元的工錢吞忍受氣。

秋月原本佇市仔口擺路邊攤，專門賣打摔按摩的藥洗、青草膏。市場自治會整頓市仔彼時陣，秋月揹著帆布袋仔四界閃避。阿華看著心軟，招呼伊過來合攤位。蔡仔租的攤位有三大格，驚予人笑無肚量，雖然袂爽，亦無開嘴反對。此後，秋月固定時間攏會來借半格攤位用。蔡仔顧念阿華共伊有話講，而且格位的租金、清潔費，秋月攏照行情分伻，蔡仔當然愈歹勢講東講西。

彼時刣雞的生理好做，特別是年節大日，買雞做牲禮的人客圍佇攤前滿滿是。蔡仔刣雞的手攏無歇，舞著刣雞刀嚷阿華掠雞、阿華剁雞、阿華秤重、阿華收錢……，阿華腳手慢頓，蔡仔的雷公性著發作，什麼垃圾話攏譙出嘴。秋月聽甲皺眉頭，有時聽袂落亦會過來鬥應付人客，蔡仔面皮閣較厚，看著秋月，幹譙聲亦會加減收斂。後來，阿華著想欲倩秋月來鬥相共。

「賣膏藥哪賺有吃？病院診所刷健保卡，醫生著免費送一堆藥膏、貼布，恁彼種地下工廠的雜牌貨，猶有啥麼人會開錢買？看你顧攤顧歸日，總賺敢有五百元？若來跟阮學刣雞、賣雞肉，蔡仔講日薪無一千嘛有八百。」阿華共秋月商量時，蔡仔猶當做是佇講笑，無想著伊是講真的，而且秋月考慮過後竟然亦答應。

秋月做代誌確實是無地嫌。阿華的頭殼鈍，鬥陣幾十年，雞販仔的大小代誌猶著隨時點醒，秋月無仝款，清雞籠、洗攤位、起砧磨刀，腳手伶俐完全毋免交待，揀雞隻、送電宰、收下水腳料，攏是聽入耳著知影七八分，甚至，連刣活雞這款工作伊亦有法度。

之前阿華學刣活雞，斤偌重的土雞著掠袂牢，落刀的時陣，腳手吣吣掣，雞仔吃痛，拖著猶袂斷的頷頸四界逃，紅熇熇的雞血噴甲滿滿是，蔡仔罵歸半年，著差無起腳動手。秋月起初亦毋敢動著活雞，雞仔拉出籠，晃翅展爪，嚨喉孔拚命叫，伊嘛揣路拚命閃。蔡仔挸雞翅、圈圓、搐頷頸，正手割喉、放血、雞頭倒手搢入翅股，擲落土。彼毋成形的雞，佇土跤頂掣袂停，秋月看甲臉色反白，話講袂出嘴。蔡仔看著好笑：「恁查某人著是淺薄，刣雞、賣雞這碗飯，敢是隨便著捧的起？」

想袂到，才隔日，秋月無師自通，亦會掠雞、亦會刣雞。伊伸手入雞籠，輕手安搭雞尻脊，然後掌心罩著雞頭，彼雞仔著袂閃、袂躲、亦袂啼，隨伊擺弄，拉出籠仔外，猶佇烏暗眩，割喉放血，嘛攏無滾絞。秋月剁雞的手路亦是真奇怪，伊先摸雞仔的筋絡，然後，用尖刀亂戳，速度無偌緊，但自頭至尾攏無聲無說，和蔡仔厚砧重刀、囂掰砍剁的手路完全無仝。

阿華講秋月刣雞是藝術、若像變魔術，會當去電視台表演。秋月解釋講，有骨架的動物，經脈攏差不多，揤著穴道，雞仔嘛會眩聽，這佮催眠的道理相像。另外，雞仔的骨架簡單，對著骨節落刀，其實毋免用啥力，出憨力亦只是傷刀肉。阿華聽甲直直喊讚，講要學秋月這手功夫。

蔡仔恥笑講，秋月是大人耍囝仔齣頭，用這款方式刣雞，若是過去拚數量、算薪水，一日刣到暗嘛賺無三頓吃。

彼當時，阿華的身體猶好，蔡仔猶無想過叫秋月鬥相共刣雞。

阿華的身體變款，是這半年來的代誌。

起初是阿華時常唸著伊做的夢：

時間大約是下晡，阿華跔佇厝前剁雞。將近十斤重的閹雞，放過血、落過滾水，亦褪了雞毛。當然，刣雞的過程攏只有霧霧的印象。

然後，起刀剁雞頭，割翅股、剖骨腿，這个時陣電話響起。伊起身、入厝內，剁刀交倒手，正手拊過圍裙尾，提起電話筒，竟然無聲。伊貼耳仔認真聽，才勉強聽著貓仔共家己心跳的聲音。伊對著厝外探，一隻毛草嘈雜的野貓拄好跳上厝邊的雨棚，動作猶真優雅，閣看詳細，貓仔拄好亦歪頭佮伊相對看，嘴內咬著大雞腿。

是閹雞腿！阿華起青狂，放落電話衝出門，剁刀順手甩出，彼隻野貓袂赴閃（凡勢是毋想閃），頭殼自頷頸削甲齊齊，順雨棚仔輾落來，目睭瞌瞌、嘴內雞腿猶原咬緊緊，阿華倒手提貓頭，正手從嘴內的尖牙扯出雞腿。忽然，貓頭的目睭展開睨人，阿華著青驚醒來……。

阿華講，這个夢三兩日著來鬧一擺，情景攏一模一樣。

「夫妻行房次數太少，氣鬱、著內傷才會做彼款夢，」蔡仔笑甲真曖味，伊講：「做兵時部隊師對抗，攻山頭，連續四暝五日行軍，毋管是睏野外、睏營區，闔目著會做眠夢：刣雞放血，刀不論按怎磨猶原袂利，拚死出力，雞頷頸著是割袂開，刣十偌籠的雞仔，攏是歪膏揤斜的刀嘴，雞仔噴血猶會咯咯叫。半暝清醒過來，頭殼內猶是血腮腮，彼才是恐怖。結果哩，師對抗演習結束，班長招阮轉戰大小旅社去「刣野雞」，日操暝亦操，氣透了後，什麼惡夢嘛攏無了了。」

阿華毋信彼種痟話。蔡仔自來粗魯拗蠻，佮伊行房根本著是大惡夢。更年期彼陣，因為經期紊亂佮蔡仔分房睏，阿華總算鬆了一口氣。彼時，蔡仔猶喝聲阿華，是找藉口閃避，時常恐嚇講：「恁爸若去找別人消火，妳著莫後悔！」阿華嘴頭無講，心內猶真願意伊提錢去外面開查某。

剁貓頭的夢，阿華問過講堂的師父。師父講：夢是前世、今生、未來的延續，其中的因果，外人無從了解，只能倚靠家己詳細悟解。無偌久阿華著想起，二十偌年來刣過的雞千萬隻，若論造業，彼一定是重重疊疊算袂了。

伊佮蔡仔商量，莫閣做刣活雞的生意，有年歲的人，殺生沐血亦莫適合。彼日蔡仔的心情好，以為阿華無聊愛開講，著笑笑辯解：「刣雞有報應，按呢刣魚蝦鱉、牛羊豬呢？無人刣、無物吃，人敢會活？」

阿華憨直，講起師父的開示，殺生造業害誠濟人無囝、無兒、無後嗣。

聽著「無囝、無兒、無後嗣」，蔡仔隨即掠狂起呸面：

「幹恁老師咧，你袂生牽拖是恁爸刣雞的報應？彼種痟話你亦聽會落？」

「行口、市場的雞販仔遮爾濟，有偌濟像你生無半隻虎蠅、魍仔的？」

「佇外面，人攏暗笑恁爸若像無卵脬的閹雞，恁爸敢有講你一句半句？你顛倒怨嘆是恁爸刣雞害的！幹，莫刣雞，賺啥洨吃？」

此後，佇市場內因為人來客去，蔡仔猶勉強吞忍。等歇息返家，幹譙著隔時不隔日了，「恁爸拚甲無暝無日，買地起厝、顧家顧某，造什麼業？刣雞賺的是辛苦錢，會有報應？啥洨天理？幹恁娘，幹恁老師卡好咧！」一若多喝幾杯，火氣愈大，著開始摔桌翻椅，有時嚇驚著厝邊頭尾，眾人來叫門關心，蔡仔抵好藉酒膽起酒痟，當著厝邊的面，亂七八糟的訕削阿華，什麼夢著禽牲、碰著鬼啦、袂生啦、欠幹啦。

無偌久，阿華著出代誌了。

亦算是好運，彼日暗時蔡仔啉三罐麥仔酒，脹膀胱睏袂去。半暝起床，拄攄開浴間門，著嚇甲尻脊拚清汗——阿華縮佇浴間的邊仔角，舉頭翻白仁睨著伊，正手拎尖刀，倒手節像雞頷頸予人割出寸偌的孔嘴，清紅的血跡從手節滴落白色的地磚，慢慢湠開。

蔡仔趕狂喊救護車、送急診，自半暝舞弄至天光，聶著一垺尿也袂記著放。

醫生私底下對蔡仔講：阿華是嚴重憂鬱症，必須多關心，若無正經會死人喔。蔡仔聽著，內心卻是暗暗幹譙，分明是卡著陰，神精起錯亂，阿華㾀朝山、拜廟、問師父，想嘛知影早晚會出事。

之後，阿華攏是覕厝內無愛出門，蔡仔亦鬱悶甲無法度做生理。雞肉攤停睏彼幾日，秋月時常來探望阿華，逐擺來攏共阿華有講有笑。所以，後來阿華叫蔡仔款房間，予秋月搬來厝內住，猶拜託秋月頂替伊去佮蔡仔鬥陣做生理，蔡仔攏總隨著點頭答應。

蔡仔的厝是三樓透天，房間很冗剩，秋月搬來住當然無問題，何況做雞肉生理，逐日拚透早，秋月若接阿華的工作，當然是住做伙較利便。更實際的是，秋月會使照顧阿華，蔡仔認真想過：阿華若像早前閣再亂舞一擺，恐驚伊嘛亦會著憂鬱症。

坦白講，蔡仔對秋月始終無啥好印象，甚至猶有淡薄仔討厭。秋月、阿華攏將近五十，但是阿華白肉底，看起來幼秀款，秋月生成大鼻重眉，烏肉粗皮，雖然獨身，實在嘛無啥看頭。平常時對蔡仔又閣無話無句、無好臉色，佇行口揀雞仔的時陣，猶會勉強聽蔡仔的，若是佇市場擺攤、招呼人客著攏是家己來。再講，秋月接阿華無偌久，市場著禁止刣活雞，雞肉生意差足濟，蔡仔一个人顧攤嘛可以。但是，無論如何，厝內無秋月猶是袂穩當。

阿華的痟病不時會發作，動不動著面色反白、流清汗、規身軀酸軟痛，著親像著雞災的破病雞，蔡仔心狂火著，買一堆電視的廣告藥，不過攏無效。秋月罵蔡仔無智識：敢毋知影便藥食濟會傷肝、傷腰子？伊講像阿華這款情形，著愛時常掠龍、放筋絡，拄好這是伊的專門科。

秋月佇房間內幫阿華掠筋絡的時陣，蔡仔坐佇客廳看電視，伊愛聽彼款電視名嘴鬥嘴鼓，五四三濫糝講。

房間門無全關貼，搬徙身軀，用目尾就看會著房間內秋月提藥洗、草藥膏幫坐佇床頭的阿華掠龍，由鬢邊、頭頂、頷頸，至肩胛、半腰、跤手。阿華出汗喊熱，秋月幫伊褪內衫、褪奶帕仔。

印象中阿華幼秀的奶頭，若像愈來愈豐滿，亦愈來愈可愛。然後，秋月叫阿華覆佇眠床，開始掠跤底，蔡仔看無秋月的手路，只有聽見阿華哀爸叫母的喊咻聲，蔡仔反頭假做看電視，恥笑阿華是家己討皮痛。秋月的手無停，掠小腿、大腿，掠至大腿骿邊的時陣，阿華喊咻的聲音變小，只剩兩人「嘻嘻嘩嘩」的笑聲，後來著是「嗯哼嗯哼」彼款曖昧的聲音，蔡仔聽甲心頭癢癢——少年時佇眠床上，亦無聽過阿華叫這款聲調。

秋月掠龍是真功夫。蔡仔刣三十偌年的雞，嘛是真功夫。早前刣雞、賣雞，賺的是技術錢。雞販仔著先佇行口揀半熟的仿仔雞，找所在加肥飼二十日，雞仔到份，肉質才會提升。市仔擺攤位時，數十籠活雞分作兩排重疊。人客現揀、現掠、現刣，無啥麼叫做「刣便的」——放過血的雞仔，差不多點半鐘，油質、甜分攏流失去，肉質變焦、變粗澀，哪猶食會落喉？透早至頂晡，掠雞、刣雞、剁雞，蔡仔的手攏無歇睏，刣雞仔著愛靠這款功夫、拚時間、賣清鮮，生理才做會在。

市場內禁止刣活雞，清鮮的雞肉著變做是佇講笑詼。雞販仔往復行口、電宰場，隨便著愛點偌鐘。至零售市仔，拆袋、擺攤、開市，已經是兩點鐘後，雞肉開始出白霧、起臭臊，這種雞肉賣予人客，實在是卸面子。

蔡仔曾經找市場自治會講理：「啥人欲買電宰雞？自治會出這種規定，是佇裝痟的？」自治會的人解釋：禁宰活禽是政府的政策，佮市場無關係。

蔡仔亦是聽袂落：「半仿仔、飼料雞送電宰，有人欲買，雞販仔減賺寡亦會使。若像閹雞呢？十二、三斤的大隻雞超重，電宰場處理費加倍，閹雞一斤成本多貴十元，電宰後若賣毋出去，著剁做普通肉雞仔賣，連工帶料又閣了四十，賣一隻閹雞現了五六百。幹！這是官商勾結，欲逼死刣雞的！」

自治會的人知影蔡仔土雷性，聽伊鬧過幾擺後，只好要求蔡仔簽名家己約束，證明自治會已經有通知市場禁宰的規定，蔡仔若無法遵守，有代誌必須家己負責。然後，對蔡仔佇市場內刣雞即當做無看見、毋知影。

其實，自從阿華出代誌，蔡仔亦真少刣活雞——閹雞除外。閹雞的利潤好，一隻抵五六隻肉雞，但是刣閹雞亦無簡單，隨便攏是十偌斤重的大角色，喙尖雞爪利，掠狂滾絞起來，著算蔡仔這種熟手，無細膩亦是全身軀烏青凝血。其他的雞販仔改賣電宰雞之後，無刣活雞，閹雞閣較免講。

蔡仔刣的閹雞是純正珍珠雞公，體型粗、肉層厚，褪毛了後，雞皮頂有齊匀的金黃色油花，料理的時陣，油花滲透入雞肉纖維，肉質變成幼軟滑溜。所以，就算是簡單的水煮白切，吃著嘛會續嘴。找蔡仔買閹雞的攏是老顧客，進前一日注文，隔轉日現刣交貨。現刣的閹雞省電宰費用，又閹是歸隻賣，毋免像肉雞、仿仔雞粗粗俗俗，切爿剁塊做買賣，費氣費觸閣薄利。其實，賺錢猶是小事，對蔡仔來講，若袂使刣雞，「刣雞蔡仔」變成「唬爛蔡仔」，彼著真正是見笑代。

這日頂晡，開市了後佮往常無啥差別。有歐巴桑怨嘆雞肉吃厭，毋知欲買啥？秋月笑面打招呼，又閣熱心提供料理菜單：重口味的有三杯啦、煮清的有燉香菇啦、海南雞肉飯較奇巧、爆蔥禽胸好配飯……。歐巴桑嘴雜雜唸，猶是剖爿隻肉雞，秋月一面開講，一面掠雞撩皮、戳骨、取肉，手路輾轉無輸蔡仔。

時間愈晚，秋月的生理愈好。蔡仔顛倒反常，大閹雞到這陣毋才刣兩隻，人客注文的四隻閹雞，有兩个來交，猶剩兩隻——有一个來講抱歉，臨時換做兩隻土雞仔，蔡仔親手幫伊揀兩隻較肥的，擲予秋月稱重，又閣激笑面講：「仿仔若會曉揀，口感嘛無輸閹雞哪！」另外一个自攤位對面經過，嘴尾連一句「歹勢」亦無，蔡仔心內非常袂爽。

這時，賣麻糍的麗玉倚近來，頂身穿的是寶石藍色的落襟衫，奶巡顯目，下面是玻璃絲的束褲，伊的目神閃過秋月，對著蔡仔勾目尾。麗玉稅厝佇市場附近，離婚了後，穿插愈來愈妖嬌美麗，腰束、奶噗、尻倉硬硞硞，蔡仔看甲目睭攏毋甘𥍉，彼種身材，按怎看嘛無像四十偌。

麗玉倚佇蔡仔身邊，目睭先看攤位後壁雞籠的閹雞，然後貼佇伊的耳空邊嗤嗤呲呲。忽然——

「幹！」蔡仔面色一陣青一陣白，捔開麗玉的手，心狂火著衝出去。秋月感覺莫名其妙，袂赴反應，徛佇身邊的麗玉亦無阻擋。

「新來的，你目涗烏白講啥？」蔡仔直透衝市場後尾，揤著新來的雞販仔的衫仔領，橫霸霸大聲嚷：「啥麼假閹雞？正閹雞？你賣便雞仔知啥涗！」

新來的著青驚，雄雄變大舌，身邊的查某人，趕緊挌開蔡仔，猶輕聲細說回失禮，「這个人，生手學做生理，袂曉、講毋著話，頭家恁大人有大量，予我拜託……」又閣越頭罵查埔人：「你彼支死人喙，是按怎攏教袂曉？」

其他的販仔看著蔡仔掠狂，攏集過來，秋月亦趕到位，勸蔡仔煞煞去。蔡仔看著人濟，顛倒愈譙愈歹聽：「恁爸自少年開始刣雞，彼時你猶毋知是佗位的孤魂野鬼，這陣𡳞鳥毛發猶袂齊，亦敢洗恁爸的面，講恁爸賣的是假閹雞！一斤多貴十五元！」。

一陣混亂了後，新來的予牽手喝聲，頓頭回失禮，眾人順勢苦勸蔡仔來去，蔡仔行無幾步，猶袂死心，閣返頭那對人厝內的祖公外媽連聲幹譙，亦毋管返頭拄好對著秋月。麗玉站高山看馬相踢，感覺好笑，心想：若是無相識、毋知頭尾的，一定會當作蔡仔是佇幹譙秋月。

了後，秋月繼續腳手伶俐的應付人客。蔡仔無聊四界看，目睭看著籠仔內彼兩隻猶袂刣的閹雞，心頭煞雄雄起驚惶，閣看詳細，愈看愈奇怪，倒手爿彼隻的雞髻比正手爿的高挺，面色嘛較脹紅，認真看亦正經像閹無清氣。不而過，明明白白足十二斤，若是假閹雞亦無應該有這款斤兩！

蔡仔愈想愈懊惱，毋知影是予彼个菜鳥仔惹起的火氣猶未消，抑是為彼隻怪閹雞激心。鬱卒一陣後，蔡仔伸手入雞籠仔，掠彼隻雞髻挺高的紅臉閹雞出來，倒手挸雞翅、腳頭趺壓雞胛脊，雞頷頸揪直，正手擇尖刀劃落，清血噴出，袂赴啼叫，亦無啥絞滾，馬上袂振袂動。

擲入燒水燙毛、褪毛，蔡仔總算透了一口氣。伊呼噓仔假鎮靜，親像無要無緊佇清理雞腹內，竟然擣出孤粒、尾指大的「雞卵脬」。伊順手連同雞毛、屎尿、糞埽擲掉，然後雞身剖爿、分切。大雞腿豐滿、翅股厚身、禽胸油質柑仔黃帶芳氣，完全無缺點，蔡仔看了真滿意，獨獨紅赤的雞頭、雞鬚猶是真礙目，所以三兩刀隨便剁過，亦擲落糞埽堆。

剁好的珍珠鬮雞分做兩袋放佇邊仔角，蔡仔心頭猶原起高落低，秋月看東看西，恐驚是會開嘴問起……蔡仔心肝掠橫，提著兩袋雞肉，無聲無說著行向市場外，心內猶按算說，秋月若厚話愛問，亦莫插汝伊。好佳哉，秋月啥話亦無問起。

市仔口日頭炎熱，蔡仔目睭沙微四界看，想著麗玉的厝是佇市場後，所以，轉彎行往後頭。麗玉的所在真好認，兩層樓的老厝，包麻糬的手攄車即停佇門口。

蔡仔揤電鈴，無反應，亦聽袂著厝內的電鈴聲。無定著是電鈴故障，蔡仔毋知欲按怎，拄想欲閣揤落，小門竟然自動現開。

麗玉自厝內招呼蔡仔。蔡仔應聲後反手關門、進客廳。麗玉自樓頂行落來，這陣穿的是米白色現胸、細肩帶的洋裝，貼身、半透明的布質予伊前噗後翹的身材全無掩罩。

蔡仔驚一著，佇唇內煞愈穿愈媠。蔡仔看甲踅神，啥話攏講袂出嘴。之後，才想著是來說謝的。

麗玉嘴笑目笑講，老朋友說啥謝啦？彼个菜鳥仔袂曉禮數，著是需要你這種前輩來教乖啊。蔡仔憨憨仔笑，兩袋雞肉順手送予麗玉，猶再三交待：現刣的閹雞，趁清煮才袂拍損。

麗玉亦毋客氣，提著閹雞，越身囥入客廳的冰箱，屈腰跔低，胸前隨著開現，一透至底，全無圍遮，蔡仔站高看低，深落的奶溝、黑色蕾絲的奶帕、網紗的內褲攏清清楚楚。

麗玉舉頭起身的時陣，蔡仔的目神袂赴閃避。麗玉趕緊用手掩住胸前，蔡仔自耳根至頷頸一陣赤熱。麗玉對蔡仔文文仔笑，講伊不只無正經，又閣愛吃假細膩。

然後，牽著蔡仔過去坐膨椅，原先只是摸蔡仔的手，怨嘆按怎這陣仔攏無來相找？之後，著倚佇伊的胸坎摸挲。蔡仔鼻著伊身軀的香粉味，起初略略仔激鼻，愈鼻煞愈感覺心頭撓癢。麗玉豐滿柔軟的胸前又閣刁意故壓佇伊的手股邊，蔡仔感覺起烏暗眩，雄雄翻身，著壓佇麗玉的身軀頂，攬腰、摸奶、揪拉鍊。

麗玉咯咯笑，亦無阻擋，只有輕聲吩咐：「哎，毋通扯壞新的洋裝，頂晡才買的，猶佇試穿的！」

蔡仔毋管三七二十一，伸手往洋裝內底挲、扯奶帕、褪內褲。麗玉這時才輕輕掠著伊的手、假無意喊聲：「袂使啦、袂使啦，按呢對不起阿華姐仔哪！」

蔡仔稍躊躇一下，才應講，阿華老早著毋興這種代誌！

麗玉吐大氣、含下唇，若像真勉強：「唉呀，好啦、好啦，我按呢是幫阿華姐，毋是賣身予你呦。」然後，家己褪落洋裝、奶帕、內褲，疊佇茶桌仔頂。

蔡仔摸著伊白泡泡的身軀，雖然是四、五十的人，但是生疏、金滑、柔軟、溫暖的種種感覺猶是予人非常滿意。了後，麗玉案內蔡仔入房間、上眠床、褪掉伊的內褲，覆佇伊的下身，輕手摸挲、攄高捋低。蔡仔心頭悶悶發癢，強強欲譁出聲，翻身徙著硬硞硞的家私，擘開麗玉的大腿……，拄準備好欲插入，阿華共秋月赤身裸體的情景，突然佇蔡仔的頭殼內放大——

彼日半暝，蔡仔聽著樓跤窸窸窣窣的聲響，樓跤是阿華、秋月的房間，秋月無佇房間內，阿華的房間，自窗仔門的空縫看，有床頭燈微弱的光線，亦看會著房間內有阿華共秋月。

阿華輕聲啼哭，秋月甲伊攬牢牢，輕聲細說佇安慰伊，後來阿華無出聲，秋月慢慢褪掉伊的短衫、奶帕，正手摸著伊的胸坎、奶包，倒手牽著阿華的手，貼佇家己的胸前。阿華亦真配合，掀開伊的內衫，摸伊的奶頭，看來真熟手。

秋月、阿華的奶型攏真好看，無鬆冗下垂的老款，但是，蔡仔煞那看那起畏寒。伊躡跔躡手閃返去樓頂房間，倒佇眠床頂目睭一瞌著若親像看著伊兩人，互相捧著對方豐滿柔軟的奶包，輕輕的咬、慢慢的舐，了後，雙手佇光溜溜的尻脊骿、尻倉顊又摸又挲……，手愈伸愈落，拊過內褲，無定著是直接扯落內褲，用手指頭抑是舌仔，伸入大腿底、下身……。

蔡仔下身的家私瞬間垂落來，軟縮縮若像麻糍。

「敢是這暫仔勞累忝過頭？」麗玉覆佇彼丸麻糍頂頭，一面用嘴唚、用手擼，一面安慰講：「無要緊，阮是專科掛保證，無我弄袂起身的鳥仔，稍等你著知影。」

蔡仔亦足認真佇挲伊的奶包、胛脊、尻倉顊，但是下身始終厭懶無力，若親像放過血，軟膏膏的雞頷頸。

「你的小弟仔生相好看，」麗玉舉頭褒唆：「形體端正、色緻粉紅、無斑無痣，袂輸二十偌歲的少年家喔！」

雞頷頸猶原是愈拏愈軟，蔡仔捒走麗玉，起身提衫褲。麗玉坐佇眠床猶像是毋甘願，雞唸講蔡仔的個性青狂，這款代誌敢會當急呢？蔡仔無應聲，恬恬自褲袋仔擣錢。麗玉睨著蔡仔，按怎攏毋肯收。

「無幫著忙嘛，閣再講猶毋是生疏的人客，哪有八百一千算遐精的？你看，你猶遮有心，專工刣閹雞來相送呢。」

「若無，暗頭仔閣過來，我十八般武藝猶袂盡展的哩！」蔡仔出門之前，麗玉猶閣偎伊的褲底輕手掠落。

市場內，秋月拄好佇整理攤位，看著蔡仔轉來，歕手倚近，交予伊市政府農業局聯合查緝小組開的紅色罰單。

「散市無偌久，查緝小組的官員有來，講著傳統市場禁止刣活雞已經宣導過遮爾久，是按怎猶有雞籠？有活雞仔？按照規定開罰單，對罰單的內容、金額若有異議，可以準備相關的資料，提出申述。」

罰單的下面詳細寫著市場宰殺、陳列活禽的處罰規定：

一、陳列、展示活體行為，依《傳染病防治法》處五千元至一萬五千元罰鍰。

二、圈養活禽致環境污染，依《廢棄物清理法》處一千二百元至六千元罰鍰。

三、現宰活禽販售，依《畜牧法》處二萬元至十萬元罰鍰。

上開違規並勒令即日改善，主管機關得依法連續告發處罰。

罰單面頂紅色官印的印色猶袂焦，蔡仔的雙手予粘甲紅朱朱。連刣百偌隻雞，嘛毋捌沐手沐甲遮爾血腮腮，蔡仔想著一陣心酸，開嘴想欲怨嘆：活雞仔的生理，正經是做袂落去……話到嘴邊，還是強強轉彎——「使伊娘咧，刣雞仔是殺人放火呢？罰遮重！恁爸目睭金金等佇看，好幹三萬、五萬罰看覅！」蔡仔猶原幹譙出聲。

秋月無閒佇搬東搬西放入貨車，連舉頭眼伊一下仔猶厭懶。顛倒是跔佇籠仔內彼隻刣無去的大閹雞，聽著蔡仔的聲嘯，雄雄企起，學著起鵤的雞公，展著翼股、滾顫雞毛、踮開雞腳爪，然後戇頭戇面共伊相對看。

我開始在每個夢境戛然而止，印象最清晰的片刻，懷著救贖的心情，迅速下床，攤開畫紙，描繪出最完整的「她」。

雲端

她再次出現。

「醒來！醒來！快醒來！」我在心裡吶喊、抗拒。

她站在我面前，高挺而秀麗的鼻尖幾乎貼著我。她似乎覺察我的排斥之力，短暫猶豫後，她下定決心，張開手臂，那赤裸的身子撲向我，緊緊地，幾近死命地擁抱著我，體溫透過細膩而軟柔的肌膚傳來，那絕對的壓迫感，讓我無法呼吸，只能順著她的心跳，艱苦而急促的喘息。

這不是夢。

我伸手輕輕地撥弄她額前凌亂的髮絲，她緩緩地仰頭，眼底盈盈有情，忽然晶瑩的淚珠從眼角湧出，沿著粉頰滴落，轉瞬間，淚珠幻化成一道道白色強光，我來不及驚呼，她已經融入白光中。

我睜眼凝望窗外大斜角射入的晨光，光影中細碎飛揚的野馬塵埃，如同我凌亂的情緒，這的確是夢，令人懊惱嘆息的春夢。

「這麼聽來也還好，不至於造成生活上的困擾吧！」醫師推開電腦螢幕上的病歷輕鬆地說，在往皮質辦公椅躺下時，椅輪發出乾澀的聲響，他皺眉低頭看過一眼。

要說困擾的話，當然比不上醫師那皮面龜裂、早該換新的高背辦公椅那麼具體，只是，相同的夢境反覆出現，沒有推進的劇情，沒有結束的徵兆，怎麼說都不正常。

「工作壓力常會以各種形式在夢中釋放，只要不影響睡眠品質，應該是有正面意義。至於更詳細的情況，如果覺得有必要，得找大醫院做睡眠監測、腦部斷層掃瞄，那玩意我們這種家醫科診所做不來，而且費用也不便宜。」

我懷疑醫師真心在意的應該是：眼前這傢伙，兩個月掛三次門診，不知是小題大作，還是蓄意找碴，稍後寫診斷和開處方又是另一層麻煩，沒有足夠的說明，向健保局請款都是麻煩。

「這樣吧，換藥再試一陣子，睡前吃半顆，覺得沒問題就別吃！」醫師猶豫再三，謹小慎微地說。我點頭說謝，舒緩彼此的尷尬。

領藥時，櫃台的男藥劑師正和年紀相近的女護士吱吱喳喳地聊著。

上午十點，沒其他的病患，原本狹窄的診所，頓時寬闊不少。

藥劑師指著藥單，招呼小護士來看，兩人不時停手格格地談笑。或許是覺得就那幾顆乏善可陳的白色藥片而已，即使心不在焉也不至於搞錯。給藥時，年輕的護士又盡責地把醫師的話重複一遍：「睡前吃半顆，覺得沒問題就別吃！」

診所外的天空一片清朗，是正常上班日該有的樣子。

診所旁是一家頗有規模的通訊行，門口排出一列聲勢浩大的廣告旗，說的是通訊費率的折扣優惠，又是筆電免費送，又是百萬全民大摸彩。這幾年電信公司把市場拚成血淋淋的紅海，代理門號業務的通訊行卻還一家接著一家開，這手機、門號也不能拿來吃喝，怎麼搞得像便利商店那樣密集呢？

我認識一位在通訊行工作的門市小姐，不算熟，僅止於交換手機號碼。

「電信門市的業績壓力很可怕，老闆三天兩頭招募門市小姐，可是哪來那麼多業務？不過就是藉口募員，像老鼠會抓人脈賣手機、換門號，然後兩萬、四萬、六萬業績一路往上調，達不到業績，識趣的就會自動走人，老闆連底薪也省下了，穩賺不賠。」她這麼說。

和業務小姐聊天是很愉快的事，她們彷彿經過特別篩選和訓練似的，儀態端莊不說，講起話來，半是鼻音、半是齒擦音，先口腔共鳴，後婉轉發聲，本身的魅力遠比促銷的優惠內容動人。當然，對待這些迷人的門市小姐，基本上還是只能以洽公的心情，公事公辦，若是真多扯兩句，被當是職場騷擾，捱白眼，也就自討沒趣了。

我遇到的那位名叫而玉的業務不一樣，從一開始就不打算公事公辦，她低聲下氣地和我談門市業績，真誠而直接。

「我這個月正式上班，我們的團績超低，更不用說我的業績還沒破蛋，我會給破盤的最高優惠，不管怎樣，算是求你了，幫忙衝些業績嘛！」

我被說動，新辦了中低資費的門號。和她優雅的身材、動聽的聲調無關，也許和她坦率的低姿態有些關係，但絕大部分的原因是，她送我一部市價五千元的手機。

「當然不是什麼大廠名牌機，老實說，核心、內存，甚至影音媒體功能也算陽春，我是真心感謝你，才自掏腰包送你的禮物呢！」

之後，因為手機功能不熟找她詢問。當時門市冷清，想到她曾經提過的業績危機。而玉邊流暢地按壓調整手機，邊壓低嗓子抱怨說：「這年頭誰沒有手機？門號市場早已飽和，看門市除了遊說攜碼換電信、推銷小套件，哪還有業績？這就是我們這種門市小姐的悲哀，死活為店長賺錢。真希望哪天我也能搞個店當店長！」結果我又接受建議，買下千元的配件包，含保護貼、手機皮套和備用電池。

美聯社近十年的數據統計，十八至八十歲都是手機的高度用戶，百分之七十五的使用者二十四小時開機，一般人通話、上網時數每週超過二十小時。人們為什麼需要手機？社會心理學家認為，高度依賴手機者都有自信不足與常態焦慮的問題，他們焦慮的不是無法聯繫他人，而是無法被他人聯繫。保持開機是基本的社交禮儀，如實地接聽手機才能帶來愉悅與滿足。

我也無法拒絕手機。

公司確定外移，但我負責的美工繪稿得天獨厚，可以「根」留台灣。老總當然不是因為我不喜歡所以不用外移，事實上，我和生產部門長期以來就是透過網路互傳資料，跟著公司外移，除了多支領薪資補貼外並沒有多少意義，何況美工創意人員是公司的重要資產，人才外放反而提供給競爭業者就地挖角的機會。不管如何，老總開出不必外移的條件是很友善的：「辦個門號，手機開機、網路暢通，公司隨時連絡得到人，工作不耽誤，沒人管得到你。」

我答應公司的優厚條件，畢竟現代社畜夢寐以求的就業環境無非就是上班不打卡、保障底薪，外加獎金。

門號開通那天，我在浴室，全身精光，從鏡面中，一路欣賞著自己輪廓明顯的胸大肌、上臂肱二頭肌和腹直肌，直到私處隱約昂揚的性徵，這讓我興起一股莫名的感動。我輕輕地撫摸那令自己滿意的肌肉，情緒如攪動加溫的蜂蜜，急促地黏稠化，推向極度的亢奮。

忽然，猛烈、高亢而陌生的嘻哈風手機鈴聲響起，那是我客廳裡，長褲後袋的新手機。

我一身皂泡，衝出浴室，踩在硬質的吸水墊時狠摔了一跤，我忍痛爬向小客廳，抓起長褲，慌亂地掏出手機，好不容易抓著手機、左滑右滑搞定接聽。「嘟、嘟、……」對方斷了訊，那短促而戲謔的聲響，迅速從手機滲進房間裡，混入周圍透明的空氣中，染指我最私密的生活。

我驚覺，一種熟悉而可怕的無形力量在我成熟的廿八歲，即將重新登堂入室。

十五歲那年，我第一次獨自出遠門。說出遠門其實是誇張了，那是離家三公里外的一條熱鬧街道上，專放二輪影片的戲院。入秋季節，傍晚以後，路面殘存燠熱，晚風吹來毫無涼意，我穿著學生短褲，踩腳踏車，興奮而驕傲。

走上戲院高架的台階，到售票口時，出了點意外。原先想看的電影下片了。售票小姐不理會我的猶豫，高音量地催促，我別無選擇，只好買票、進場。

戲院裡觀眾不多，前排的位置更是空盪，我摸黑找到了第二排右側的位子，隱密而自主的小小空間。電影片名很陌生，劇情卻不乏味。雖然出了點意外，但並不影響我的興奮與驕傲。

一位中年人坐到我左鄰。隨後側臉問起，演的是哪部片？我照實回答：「不確定。」中年人仰著頭，顯得錯愕，然後從喉底發出呵呵的笑聲。

再不久，中年人轉過身來問道：「穿這樣的短褲會冷不？」我還沒回答，他兩隻手已經沿著我大腿的內側往上撫摸，我大腿根部傳來短暫的異樣快感，然後一陣透背的寒顫，我迅速撥開男人的手，起身、衝出戲院。戲院外的街燈黯淡，觸目所及都透著詭異，我恐慌而無助。

此後漫長的一段日子，我努力不去回憶那場景。然而，那雙在暗黑背景游移的手卻一直清楚地烙印在我腦子裡，即使只是瞬間的碰觸。

讀廣告設計科時，我把那雙手畫成作品：微張卻強悍有力，緊繃而猙獰的靜脈血管不規則地穿梭在肌理間，卷曲的手毛烏雲般、茂密地覆蓋手背，其中幾根毫芒還誇張地透著黑亮。

指導老師對我的設計很有意見。

「設計是創意，更是作者貼近大眾的對話，寫實是否適合作為主元素，正反意見都有。就這作品而言，因為過於寫實吸睛，讀者反而無心探討創作者的深沉內涵。再說，如果寫實只是為了完成毫無內涵的設計，那麼放張高解析度的照片會不會更直截了當？眼前這寫實素描雖然精緻非常，但整體設計毫無力道可言。套句俗語，烏龜吃大麥，蹧蹋了！」

我不怎麼懂老師的意思，只是順從地點頭。

然後，他抓起炭筆，熱心而盡責地為那雙手作修飾，先是柔化粗暴的掌形，然後讓掌心抓住一道實象化的白光，光當然是抓不著的，於是那些光芒像穿透手背似的從指間迸射而出，因為增強模糊，那手不再猙獰可怖，白筆勾勒出的亮光豐富了動感，透著積極而振奮人心的張力。

「意境讓作品變成藝術，藝術因此得以雋永。」老師看著親手修正後的圖稿，笑著講解。

我毫無異議地接受老師的修正。

不久後，指導老師神色驕傲地告訴我，他幫我把畫作送件參賽，而且在全國學生美展中榮獲首獎，我們的名字同時見報。

此後，老師持續要求我參加各式各樣的美術比賽，我的作品在他精心潤飾下，成為各級美術賽事的常勝軍。我毫無喜悅的理由，因為那過於熱切的手，不會輕易從我的創作歷練中抽離，某些意義上老師和陌生男子騷擾的手，並沒有多大差異，而我都只能孱弱地嗟嘆。

即使如此，我必須很肯定地說，那些和我的夢都沒有任何關係。

Hobson與McCarley在一九七七年提出夢的「活化——合成」理論：大腦在做資訊處理與固化長期記憶時會隨機釋出一些神經脈衝，就像打掃時無意間揚起的灰塵一般，在睡眠時這些脈衝被大腦重新解讀成有意義的訊息，並正經八百地加以處理，所有光怪陸離的影像、聲音、思考或感覺雖然都是主體經驗，本質上卻完全是非自願的錯誤。

關於我那「非自願性的錯誤」是這幾個月才發生的。

首先，在稀疏亮點的背景下，一隻眼睛淡入，眼瞼微闔，憑著我在專業上的直覺，猜是女性的眼睛。隨後，另一隻眼睛也來了，漂亮完美的一雙眼睛，如我所猜想，是個年輕的女孩。當我懷疑，為什麼沒有眉毛時，娟秀的蛾眉便緩緩出現。我覺得，該有適度挺拔的鼻子搭配那雙迷人的眼眸，果然，她的鼻子以最接近我要求的高度與角度出現。可以讓她有櫻桃紅的薄唇嗎？我小心翼翼地許願，僅僅是這樣想，兩片豔潤欲滴的唇就迅速浮上那結構、比例幾近無瑕的臉模。

鏡頭拉遠。她短髮俏麗，身材勻稱高挑，穿著淡咖啡色的短襬細肩帶，黑色微透的玻璃絲褲襪，淺灰色的短靴。寬領的細肩帶使胸部的深V若隱若現，粉頸上佩掛的水晶項鍊自然地垂在胸前凹陷處，讓人看或不看都為難。短裙貼身，腰部以下曲線玲瓏蜿蜒，瀰漫深邃的神祕感，修長的雙腿自短裙下脫然而出，彷彿水彩長筆畫法下流暢平滑的線條，刻意分散整體視覺上的壓力，讓人心動怦然的不是單純的性感豔麗，而是那更壓抑不了的，急於擺脫稚嫩的青春氣息。

「嗨！」她發出聲音。我從夢境中驚醒。

隔天她再次出現。

就像前情提要一般，她的影像在純白的光點裡快速地組合，大眼、細眉、挺鼻、紅唇、短髮、細肩帶緊身裙、水晶鍊、黑褲襪、淺灰靴。然後，兩手環抱在胸前，輕微旋動腰身。沉默一段時間後，她微笑，極盡嬌媚地看著我，紅唇顫動：「嗨，等你呢！」畫面就此定格。不久，床頭鬧鐘響起，晨光悅然輕移照亮床前陽台。

此後，她幾乎天天到來。

隨著夢境長短，她出現的時間也有長有短，但是衣著鮮麗不變，舉止溫柔婉約不變，笑意盈盈蕩漾不變。我站，她佇立一旁；我坐，她貼近依附。她總是在我面前輕微轉動細腰，像百無聊賴的無意識動作，更像等待著什麼。我想，她該伸伸懶腰的。她伸懶腰了。我想，她的身材高挑，舞姿必然迷人。她點頭，伸展身子，輕盈地轉個小半圈，曼妙的單人舞翩然而起。我目瞪口呆，不自主地鼓掌。她停下舞步，手掌輕輕地貼附著我的手。那掌心微溫，觸感如絲絹，也一如我所想像的。

在我記憶中也有其他會重複出現的夢。像是登山，稍一恍神，腳步踩空，人筆直地滑落，始終觸不到谷底。或是參與不知名卻極重要的考試，過程中突發情況不斷，像陷入了無盡的迴圈，東奔西衝怎麼也進不了考場。類似這樣的夢總讓人懊惱，不論是睡夢中或是清醒之後。

她的反覆出現，不只處處賞心悅目，還善解人意。這迴然不同以往的美夢，牽動我日日夜夜雀躍的好心情。

佛洛伊德說，夢是潛意識活動，在現實中難以實現或被壓抑的慾望，會透過夢獲得滿足。清醒時，主意識的防衛機制控管所有的願望，並蠻橫決定取捨。睡夢時，潛意識悄悄出現，被壓抑的慾求經過扭曲、變形後出現，夢於是發生。

我努力搜尋記憶中的影像，從親朋摯友、同事、同學，到一面之緣的路人甲乙丙。究竟是哪位被壓抑、深藏在我意識底層的女孩，讓我這樣魂牽夢縈？然而，那似乎熟悉的青春容顏，確實從未在我過去的生活中出現過。唯一的可能是：我「做」夢，「做」出了她。

創世混沌之初，上帝說：要有光，光便立即出現。上帝說：要有天空，於是就有了天空。上帝說：要有海洋和陸地，海、陸從此分開。上帝說要有花草綠樹，於是大地一片鬱鬱蔥蔥。上帝說：天空中要有光體，所以日月、星辰布滿天空，接著，水中游魚，空中翔鳥，大地奔禽走獸，都隨上帝所欲。就這樣，上帝以祂的意識創造了天地萬物。

現在，就像上帝的創世紀，我的意識和潛意識創造出「她」。面對她時，我因驚喜而心悸，只是讓我困惑的是「我的創造」、「她的存在」是不是應該更有深意？

她應允而來，不會只為乏味而無聊地與我對望。不需過多的思考，我也能理解，她漫不經心地撥髮、嘟嘴、凝望，是在掩飾青春的躁動，花樣的十八年華，她憧憬一場無害、有質感的小戀愛，在遠離父兄提攜與監控的冒險下，感受傳說中春潮的微妙震撼。情竇乍開，夢已形成，愛戀與畏懼的矛盾在高漲的情懷下逐漸模糊，每個深沉的夜裡，她必然等待著與我更緊密的牽繫。

而我，身為創造者擁有權力，當然可以肆無忌憚地直視她胸前深陷的溝痕、窄裙底線的臀圍圓弧、大腿內側深部的幽微；當然可以任由雙手狂野地探索那胸前緊身的激凸、短裙下深邃處的溫潤、挑弄少女春心乍現時最劇烈的悸動，以她所有的綺麗和神祕，詮釋每個無痕的春夢。我的春夢，我無所愧。

那天，她來，以我熟悉的性感與嫵媚。

幽靜的花園，盛開豔紅的大花玫瑰，鳥鳴婉轉，彩蝶滿天，春意盎然。我的慾望與權力凝聚、膨脹並擴大至無限，伴隨昏眩與潮熱，夢境與現實變得混亂，只有急遽的心跳清晰而真實。

她靜默，猶豫不決，似乎感受到春情蕩漾的危險氣息。我意念堅定，沒有任何轉寰餘地。她無言地望著我，緩慢地走近，白皙的雙手柔弱地擋在胸前，那防禦顯得乏力……終於，咬唇、褪下細肩帶，淚珠從濕潤的眼眶簌簌而下。

定格。擴大、迸出白色光點。我矍然夢醒。

隔天，她又宿命般地在我夢裡出現，只是笑容、身形都變得模糊。第二天、第三天、第四天……，從此以後，她退縮在鏡頭的遠處，與我保持一段無法觸及的距離，沒有燦爛笑意，只有無盡的沉默。

她是惡人綁架待贖的肉票？不管有無巨額的贖金，生命都處於倒數時刻，她凝聚意志，散發形而上的求助訊息；她是個迷路的幽靈？在意外中突然死去，忘記所來、無知於將往，在一場一場的夢境尋覓解放；或者，她是個放任春夢夜遊的懵懂少女？毫無警覺地誤闖我的夢，被禁錮其中，不得解脫，只能無力飲泣。

我這麼胡思亂想著。

在這混亂中我扮演了什麼角色？電影院裡摸我大腿，喉底咯咯發笑的中年男子；學校裡否定我的創意，染指代筆的老師，都一再地從我的記憶浮現。更糟糕的是，夢中的我、中年男子、指導老師的臉孔其實同樣陌生，甚至無從區別。

如果這是個隱喻，我希望能有更多的蛛絲馬跡。

我開始在每個夢境戛然而止，印象最清晰的片刻，懷著救贖的心情，迅速下床，攤開畫紙，描繪出最完整的「她」。端莊佇立的、俏皮吐舌的、羞澀含頷的、曼妙舞蹈的、蓮指拈花的、仰臉期盼的、低首垂淚的，她的形像在我日以繼夜地繪製下，逐張完稿。那些圖稿彷彿就儲存在我腦裡，只是透過我的畫筆流暢地複製出來。

她就這麼活出我的大腦之外。

我運用各種網路貼文尋人的管道，讓她的圖片流傳在BBS、臉書、

Line、Instagram。貼文上有我的留言：「我在找妳」。

你無法想像那些唯美的圖片幾乎炸翻網路，點閱率以倍數成長，各式留言回覆更是超乎想像。

「色胚！」、「無聊的蘿莉控！」、「寂寞大叔尋找遲來的春天？」

這種冷嘲熱諷的回覆占大多數。

積極主動、建設性隱然的也有：

「尋人、抓猴蒐証，幸福婚姻的最後防線，徵信權威……」

「眾裡尋她千百度，驀然回首……愛，只在紅娘婚姻。」

「不管你相不相信，謝謝你找到我，告訴我，你有多想我，安慰我每個難眠的夜，記得賴我加好友，可以視訊喔……」

比較難堪的像是：

「您已嚴重違反本軟體的使用規範：非法置入商業廣告或違反使用國家或地區的認知道德，依規定停權兩週，若需申訴，請依相關程序……」

網路世界當然不是虛擬，那些不著邊際的留言，足夠形塑另一個混亂的真實世界。這些嘲諷讓我鬱悶，但比起每個夜晚，看著她無助、僝僽地落淚，這鬱悶卻又微不足道。

診所距離公司的辦公室只有幾分鐘的路程。在辦公大樓等電梯時，我認真地想著醫生說的腦部斷層掃瞄。

電梯外站了兩個人，貌似無聊地看著電梯門外的大樓公告。

「噹！」電梯門滑開，兩人搶進電梯，幾乎撞上我。我仔細看這兩個冒失鬼，一高一矮。高個的年紀比我大，腋下夾著牛皮紙袋，一進電梯就靠內站；矮個的大約廿來歲，和我貼身站著，他手臂外側有一道十公分左右的疤，看不出是刀疤還是燒燙傷結痂。

短暫的目光接觸時，我禮貌地點頭，他們卻刻意仰頭，視若無睹。電梯迅速上升，在七樓停下，我走出電梯，從口袋找出鑰匙。忽然後方一陣錯亂的腳步聲，我來不及回頭，電梯裡的兩人，已經一左一右衝前架起我。同時，矮個的迅速搶走我手上的鑰匙，開門，連拉帶推地把我擠進辦公室。高個的關門、守門。帶疤的矮個隨後把鑰匙扔在茶几上，彎腰從褲管內掏出藍波刀，大剌剌地坐在沙發，大拇指挑釁地撥弄刀背的鋸齒。

「放輕鬆，帥哥，隨便坐！怎麼說也是你的地方，我們胡亂闖入才失禮哪！」刀疤男指著對面的沙發。「不會當我們是搶劫來的吧？調查過——這公司撤了，應該也沒什麼值錢的！所以，報警什麼的完全沒必要。」

我壓抑住心裡的慌亂，看著亮晃晃的藍波刀，順從地坐下。

「不想耽誤彼此的時間，就問一些問題，你爽快的回答，溝通良好，我們轉頭就走，以後也沒必要再見，懂我的意思嗎？」

「所以，直接切入主題。說說看，你怎麼把 Jenny 弄到手的？委託人給了什麼好處？」刀疤男皮笑肉不笑地問。

「Jenny？」我一頭霧水，直覺是誤會。「兩位找錯人，我完全不認識誰是Jenny哪。」大樓裡人雜，找錯房號也是常有的事，我試著解釋。

「厚，你們這種蟑螂剛開始都會這樣擺爛！哎呀，搞錯了啦，我單純、善良又無知，指天畫地詛咒，撇乾淨關係。然後呢？啐，我們兄弟該跑的流程一樣也少不了，我得拿藍波刀在你臉上劃兩下，再按著你的左手，剁下小指頭，扔到馬桶沖走，然後你才會抱著血淋淋的手，連哭帶喊一五一十全盤托出。說不定，完事了還是得在你肚子捅上一刀，生氣氣嘛！嘖嘖，這年頭誰不想要形象，都說了，溝通要順暢嘛，碰上了就是緣分，你就主動配合點，沒必要搞得那麼血腥暴力啊。」刀疤男向高個的招手，高個把資料袋裡的東西抽出來，攤在茶几上。

是「她」的圖片！

「成人網站下載的，歷經好幾手的轉貼，追了幾個禮拜才找到發圖的原始IP！」

我心跳急促起來。不是擔心違法，這些圖是我的作品，絕無侵權問題，內容即使性感，也絕非色情猥褻圖，三點不露。

「再問一次，怎麼會有 Jenny？」

「那是我的原創畫作，而且我從沒用過 Jenny 這類名字，我不知道您們是什麼單位，但是這樣的貼文不該有問題吧！」我裝輕鬆，試探地說，也是實話。

「靠！」刀疤男從對面沙發彈到我面前，一把扯住頭髮，把我壓到沙發下，咆哮著：「聽不懂？聽不懂該回答什麼嗎？誰——給——你——？」

「我發誓，真的，是我……」

高個的靠過來把刀疤男拉開，順手把茶几上的 Jenny 收起來，然後冷冷的說：「你畫的？最好真是你畫的，否則準備倒大楣了！」高個的把辦公桌上的畫紙和鉛筆扔給我，「現在就畫出來給我看！」

「你信他喔？」刀疤男不耐煩地嘀咕幾句，然後又甩弄起藍波刀。

他們像玩真的，我不敢再有意見。

畫「她」對我來說毫無難度，幾個月來，她的顰笑舉止已經烙印在我心底，任何時候我都能清楚、細膩地畫出她動人的眼眸、迷人的唇吻。我不懂的是，他們憑什麼從網路偷圖，弄出 Jenny 這名字，還一副兇狠樣？

高個的站我身旁盯著我畫，像監考官似的。刀疤男不情願地躺在沙發上，右腳還不停抖動。房間裡只有我的鉛筆與畫紙磨觸時急促而低沉的「沙沙」聲。人像素描很耗時，打輪廓還好，臉部細緻的實像化，就真得考驗耐心了。他們的耐心。

當「她」的臉部大致成形，高個兒就迫不及待地搶過素描，瞪大眼，一句話也說不上來，揮手招呼了刀疤男。

「怪了，怪了！」刀疤男看了圖，又看了我，最後還是盯著「她」。

「為什麼？為什麼你畫得出 Jenny ？」高個的語氣驚訝，更多的是頹喪。

我不知道他們的來歷，但是我不想惹麻煩，事實上也沒什麼需要隱瞞的。我把數月來不時夢見她的事說了，這些話我也和醫生談過，即使他們不相信，也不怕他們笑話。

他們沒有笑。

「事情大條了！」高個說。

「比你所能想像的還大很多！」刀疤男對我揮藍波刀，接著說。

事實上，什麼大事也沒有。兩個星期過去，我的生活依然悠哉。手機時不時會響起，除了老總交辦工作外，就是那位叫而玉的女孩透過 Line 傳來一些不好笑的笑話。唯一的「大事」是，我再也沒能夢見「她」。

那天，那兩個傢伙搶走我的手稿，就像在現實生活中搶走了「她」（他們始終稱她是 Jenny，不給任何詢問），之後，不管我願不願意，都夢不到她了。

我的夜晚變得有些恍惚，常常是處於半夢半醒，偶而似乎有夢，隨即又渙散不成形，勉強感覺到的，就是迸射開的雪花點，像電視的收播畫面。

她真的走了。

我陷入深度的擔心。她處在非常狀態，卻對我完全失望，不再求救，或者她受到干擾，無法再到我夢裡傳遞信息。極有可能，那夥人，像刀疤男那樣的傢伙，已經對她動手了。

我充滿無力感卻不死心，解答總在問題中，如果是我的畫惹出問題，那更多的畫說不定就能解決問題，我開始以想像手法創作更多「Jenny唯美系列」，不只釋放大量圖檔，更聲明放棄版權歡迎轉貼。如果Jenny是她的名字，這應該能讓更多網友有興趣加入協尋。

幾天後我收到簡訊了。

「把貼文全部撤下，我們必須再見面聊聊。」沒有署名，但直覺就是之前找麻煩的傢伙。他們態度似乎軟化，同意我的要求，在靠近出海口的河堤公園碰面。既然要當面聊，至少公園人多，他們有顧忌不敢胡來耍狠，我想。

「搞什麼？我們兄弟幫你擋的麻煩還不夠嗎？」刀疤男一見面就劈哩啪拉，和上回一樣囂張。

高個倒是冷靜，他遞給我一杯星巴克，隨口問了：「你到底在想什麼？」。

我不知道我該想什麼，因為我什麼都不知道。但是，總該讓我知道Jenny在哪裡？是不是受到綁架、監禁、控制等各種形式的傷害？我正經嚴肅地說。

刀疤男和高個對望一眼，然後爆笑出聲。

「你以為我們混黑道的？還是小說看多了，真以為這社會黑得伸手瞧不見五根指頭，到處有人被抓、被綁、被砍？我們還吃飽撐著咧！」

那麼，消失的Jenny呢？究竟出了什麼事？

「胡扯！」高個的壓低聲音：「你最好忘記這件事，她跟你完全無關！請你別再他媽的亂搞！我們是 AI 工程師。」

「聽清楚，Jenny，你畫的那女生，並不存在。她是我們公司開發完成，即將推出的擬真美女。這是極重要的商業機密，不久後她將代言與你日常生活緊密關連的食衣住行各項產品、擔任網路視訊的人工智能解說員，未來當然也會坐上電視新聞主播台、講解氣象什麼的。」

「她當然有這條件，公司耗資數千萬，從亞洲十大名模擷取最吸引人的部分，包括衣著、儀態、舉止、喜怒哀樂各款表情，最後整合模組化，她幾乎完美無瑕！」

「想像得出你惹上多大的麻煩嗎？你讓身價千萬的 Jenny，在正式出場前，被盜用，到處張貼，甚至貼到色情網去。這是兆億級的跨國生意，公司徹查相關人員，要找出洩密者，瞭解目的和管道，後續免不了有整套煩死人的資安重建工作。而你就是所有麻煩的源頭！」

我搖頭反駁：不可能，那是我按照夢中影像，逐筆描摹的原創。

「說那麼多他聽不懂啦，反正，Jenny和你無關，不要再亂貼、亂傳她的圖片，否則後果自負！」刀疤男一臉兇悍。

「他開玩笑，你別當真，找你出來是想解決問題。公司組織雖然複雜，大致上還是正派經營，非不得已，仁義道德還是得講的嘛。我相信你夢見Jenny，但為什麼會這樣，坦白說，我們還沒搞懂。」

「Jenny計畫，在業界一直很低調，並採取最高規格的保密，特別是最後的動態擬真階段，我們啟動雲端系統，讓整個動態模組封存在雲端，照理說Jenny絕對不可能被盜用。」

「雲端系統的隨機存取運算是絕對安全的系統，它和磁片、光碟、硬碟等有形設備，完全不同，那些低層級的儲存設備，即使有再多的加密，只要遇上專業破解，根本都是唾手可得。」

「關於雲端系統，我只能約略說明。人腦有95%終其一生閒置不用，雲端系統主要是將人們閒置部分的大腦用磁波交錯連結，形成超級伺服器，取得系統權限後，使用者可以隨時存取雲端的資料。理論上，雲端的資料儲存量可以大到全人類大腦皮層所能容納的總和，更重要的是，資料存放在不特定人的大腦皮層，當然不可能被駭客入侵或盜用。」

將資料寄存進人腦？簡直天方夜譚。如此大費周章只為存取資料，在法律上也站不住腳，根本得不償失，這完全不合理！

「我說過，雲端運用的是閒置的大腦皮層，就是人們多餘而無知的部分，類似資源回收的概念，大家無所知覺，法律當然也管不到！」

「至於實際運用，雲端系統當然不會單純作為資料存取設備。擴大存取的功能後，讀取人們大腦皮層常用的那5％並非難事。於是，在商業運用上，就能輕易取得區域、性別、年齡族群的消費模式；在政治操作上，不需任何形式的民意調查，政黨傾向一覽無遺；在國民智能解讀上，民眾的認知水準與知識能力，也能準確量化分析。」

「而大腦95%的閒置區，因為具有寫入功能，加上未來程式將不斷升級，便有可能滲入個人潛意識中。新商品可以利用雲端滲入，迅速提高民眾的品牌熟悉度；選舉時，透過雲端操作，也可以深入選民的意識，建立認同感；政府施政，從雲端做最有效的民意溝通，獲取高支持度當然沒問題。」

「這種雲端置入的行銷模式，以我的層級也算是瞎子摸象，只懂些皮毛，你當然還是不知道的好。」

這是在給人類洗腦？我強壓下心底的震憾。

「洗腦也不足為奇吧。」高個側頭看我，不屑地說：「當前人們的經濟、政治、社會問題哪個不是靠洗腦解決的？我們研發的是AI與人腦的同步工程。」

我搖頭，就算真有這種技術，也不可能有那麼多連結人腦與超級伺服器的設備啊。

「這部分我不能說太多，反正你只想知道為什麼會夢見 Jenny，而我們想知道的是，你為什麼能侵入雲端。」高個的詭異地笑說：「方便借看一下手機嗎？」

我掏出手機遞給他。

他熟練地掀開後背蓋，拆下電池，抽出 SIM 卡，我正想接著詢問。他突然起身，握著手機狠狠地往地上砸，緊接著抬腳踹落！

「啊！」我急忙站起，他卻挺身擋著我。然後刀疤男衝來，抬腿一踢，被踹得肚破腸流的手機「啪」地跌落水裡。

「好了，應該沒事啦！」高個的把 SIM 卡還給我，正經地說：「上回我把 Jenny 移走，結果你還一直侵入雲端，公司恨不得把你給砍了。其實 Jenny 還算小事，雲端出現漏洞就真會死人的！幸好，這兩天想到你的手機，這款三年前的舊機，有小部分植入測試用的晶片，果然就出事了。」

「都是手機惹的禍，讓你變成自己大腦閒置區的駭客！」

「沒事啦，不至於捨不得吧，應該也是搭配門號的零元手機。」刀疤男看我盯著水面，難得溫和地拍我肩。

「這麼說，以後我再也見不到 Jenny？」看他們那麼輕鬆，我忽然有莫名的失落感。

「嗯！也不完全是。當然，你不可能再夢到 Jenny，但不久就會再見到 Jenny。我剛開始就說了，年底前她會先接一檔線上遊戲的代言，你會認出她的！」高個的笑著說。

「記得別又亂發文！公司已經註冊版權了喔。」刀疤男善意地叮嚀，然後指著我的太陽穴說：「相逢自是有緣，聽我勸，手機這玩意直通大腦，可能的話多花點錢、挑名牌機，安全些！」

當天稍後我就去買新手機了。最新機型、超高級的，賣手機的人說。

我真的再也沒能見到 Jenny，連雪花白點都沒出現過，不知道是不是心理作用，似乎思路也變清晰了。但是，知道不再有夢後，每晚睡前心底總會浮現淡淡的感傷。

我聯絡上而玉。問她，是否還記得辨門號時附贈我的手機。

「我記得你，我賣出的第一個門號！」而玉接到電話，有些意外，但語氣明顯雀躍：「手機市場混亂極了，汰換率超高的，通常半年左右，舊型號就消失大半。當然，費點心思還是找得到。只是……」

而玉話語轉而溫柔：「只是，你確定只想問手機？知道我不在通信門市上班了吧？或者，你其實是藉故找我約會、吃飯、看電影什麼的？我的個性喜歡直來直往，我並不討厭你，但是，我還年輕，如果不急著以結婚為前提的交往，我願意呦。」

我笑得尷尬，以至於錯過她還說的一些什麼，只有一件倒是聽清楚：「跟你說，現在，我也是店長了，賣的是療癒系創意精品，月營業額不差，賣場人氣還直線往上飆，是結合最新雲端技術的網路商場喔！」

我腦底一陣暈眩，身體好像急遽上騰，直達雲端前又緩緩下墜，隨即周遭細密地布滿雲霧狀的白色光點，仔細一看，我、而玉或 Jenny 原來也都只是其中渺小的微光。

彩度的創意一直被人忽略，更何況是陰暗面的安排？多注意陰影區域就會發現，灰澀的暗面其實隱藏更多畫家的微言大義。

阿斯多的瘟疫

現在我知道，混亂的意識是如何變清晰的——我的腦底先是塞滿漿糊般地凝滯，然後像聚集千萬蠕蟲爭食啃噬，於是有一段漫長的時間，腦裡深處充斥流動的錯覺。意識就這樣從蠕蟲、流體中掙扎而出，癢癢的、刺刺的。

我睜開眼，視覺上沒有任何異樣，粉綠的大片落地窗簾，鑲著銀白細絲邊，背後的假窗襯墊下，線條顯得平整。寫字桌上擺著典雅的皮質文書夾，上面還有筆桿刻花精緻的古典鋼筆，當然，典雅高貴只是外形，裡頭應該還是廉價的筆芯。

寫字桌前是貼壁的大鏡子，從我的角度可以看到自己癱在床上的狼狽模樣。感覺應該做些什麼，事實上，一切都還在混亂中，即使是「做些什麼」的這種念頭，也是千辛萬苦後才慢慢浮現，在這之前，都只有右手無名指偶而抽動，毫無意義地。

沒什麼驚悚的心情，慌亂當然還是有一點，再怎麼說，意識逐分逐秒地清楚，手腳卻仍遲滯著不聽使喚，這經驗也不曾有過。

這是間很普通的汽車賓館，規模不大，汽車通過迴轉的甬道，就是個人專屬的隱密房間。房間乾淨、格局平實，沒有情趣按摩鴛鴦浴池、沒有調情的八爪椅、沒有激情的旋轉水床。

「因為平實，所以自在，即使初次上賓館，也不至侷促不安，就像午後慵懶地癱在自家閒置客房的軟墊床一樣，混雜陌生與新鮮感，什麼都不用想，只是單純地休息、打盹，就能享受清澈透明的感覺。」佳佳是這麼說的。

不管如何，的確不需有任何不安，我和佳佳什麼也沒做。我就躺在這平實的房間的床上，而佳佳也早已離開。

我的無名指又顫動了。

這樣莫名的抽搐，從鏡子看來更覺詭異和不解。房間四周像蒙上一層薄紗，顯得不真實，只有這顫抖的無名指透過鏡子映出的虛像清楚地讓人焦慮。

時間似乎陷於膠著，分分秒秒都過得艱辛。從進來賓館到現在，應該還不到兩個小時，房內的對講機自始至終緘默無言，之前櫃檯給的房卡上提醒著，兩小時休息時段，結束前五分鐘會致電詢問，是否退房或延時休息。

我閉上眼，讓眼瞼放輕鬆，感受房間裡佳佳離開前輕挪慢移的氣息。

她緩緩地從疊層加厚的床墊起身，漫不經心地整衣，走向浴室，浴室裡水聲乍響。她在洗手台漱口、以微潤的紙巾輕拭臉頰、脖頸，接著撲粉、點唇補妝，然後回到大壁鏡前梳理長髮。一切就續後，她坐回床緣。我覺察到她輕撫我的髮、我的臉，也聽得到她深沉的嘆氣，我努力想睜眼、開口，卻無能為力，終究只能想像她帶上墨鏡，拉開房門離開。離開前，她再一次確認肩上的斜背包，包裡有剛用過的保險套，稍早前她仔細地封口、裝盒、收納。

我們真的什麼也沒做。

對佳佳的最初記憶是國中時期，她靜默作畫、沒有太多表情的側面。那時，同校的佳佳讀的是美術資優班。升旗時間，美術班的同學都會聚集在美術教室練畫。美術教室隔壁是導師辦公室，有一整個學期，我被指派在這個時間清理辦公室，我喜歡這項工作，不用升旗曬太陽，還能在短暫的清掃後，輕鬆地趴在窗台，看美術班的同學作畫。

佳佳作畫的神情總是吸引我的目光。

畫素描時，她盯著白石膏像，與畫紙保持一隻手臂的距離，手部高度保持在畫紙中心點。接著，大動作地直線切輪廓、大面積上底色，然後豪放地用手抹開，均化底色。之後，她斜捏炭筆，重定輪廓的細節：用筆側描繪線條、用大拇指壓入炭色、用白饅頭擦出亮面、用小指挑弄小範圍暗面，一雙手隨興地在畫紙前遊走，手指迅速地來回縮放。

我想像那豐富的手部動作是與石膏像的繁複對話，炭筆下的深淺濃淡都是她加密的語言，外人難以窺得全貌。當然，更多時候我關注的還是佳佳白皙秀麗的臉模、深邃的雙眼皮、柔美的長睫毛和輕巧的紅唇。

然後，有一天，佳佳不見了。

美術班的同學說：「搬家轉學了，有交代一張畫，說是送給你的。」那是一幅十六開的鉛筆畫，畫裡小男生的臉貼靠窗面，細部線條還沒修飾，輪廓也顯得草率，小小的臉，一雙眼睛卻清澈明亮，灰暗背景下，像在洞口逡巡窺視的鼠眼，左下角是工整的簽名：「佳佳」。

後來和佳佳聊起這幅畫。她一臉茫然，說記不得。我提醒她，應該是草稿，把趴在窗台的人畫得像老鼠。佳佳還是堅持沒送過我畫。

「但是，」佳佳笑著回想：「知道你一直在看我，偷偷摸摸的還真像是鼠輩，不是嗎？」

認識佳佳是大三的後半年。那時美術系的學生展覽一系列以古老街屋為主題的水彩作品，其中有幾幅落款是「佳佳」。

我向服務台詢問。

聽音樂的女孩，卸下耳機，抬起頭：「我就是佳佳，有什麼事嗎？」

聲音輕輕柔柔的，這是我第一次聽到佳佳的聲音。

和佳佳重逢後並沒有什麼浪漫情事。那時佳佳廿四歲，身材高挑、曲線凸出，俏麗短髮下有著古典而動人的瓜子臉，是高不可攀的校園美女。所以，即使有更多機會在校園裡遇上了，卻也只能遠遠地揮手、點頭，然後各自匆忙。

直到她參加校內美術創作的師生聯展，這才主動找上我，讓我幫忙挑選作品。

「知道你外行，但是作品不就是給外行人看的嘛，我相信你的直覺。」她把大疊新舊畫作塞給我，大部分是不透明水彩畫。

「注意畫中的光影變化。自從楓丹白露的巴比松畫派以自然風景和人民生活為主題後，掌握光和影就一直是畫家努力的目標。拉斐爾畫派用稀薄的透明顏料，覆蓋在潮濕的白色表面，讓顏色保持寶石般的清晰和通透，這就發明純粹的光感。」

「印象派畫家對光影深入探討，知道位置不同，色彩也隨之變化。他們嘗試把畫架從室內搬到戶外後，還發現自然界的光影隨時相互激盪，而透過陰影的烘托，才可能創造明亮而動感的光。」

「野獸派放棄漸進的明暗法，開創非自然、高跳脫的強烈對比，以大膽塗色表現狂野、衝撞。在陰影基底下，讓色光變得更豐富、更搶眼。所以，彩畫技巧就是處理光影的技巧，成功的畫作就是讓光影牽動觀賞者的直覺。」

佳佳以自信的手勢逐件解說作品的風格，像對學生上美術鑑賞課。

我努力依照她的提示挑選作品，偶而她會點頭認同，只是最終參展的作品都和我的挑選無關，或許她並不在意我的眼光。事實上，她的美術理論我也沒那麼在意，我關注的是她對著作品比畫、悠然說創意時，在眉、目、鼻、唇間細微的動作所顯現的高度優雅。

大四下，有一次我們相約坐夜車回南部。

夜行大巴士在漆黑的高速公路上規律地晃動，佳佳靠在我的肩膀睡著，我聞著她髮間散放的香味，挺胸危坐。然後，佳佳醒來，促狹地搔我腋下，我反擊，佳佳胡亂躲閃。從袖口碰觸到她豐滿軟柔的胸部時，我腦底轟然震撼，尷尬縮手後，再不敢看她，佳佳也只貼近緊抓我小臂，不發一語。

那時佳佳已經有交往多年的男朋友，是牙醫系的實習醫師。她讓我看她男友的實作石膏齒模。擬真的齒模，精密的電腦套色，殷紅的牙齦和象牙白的牙齒，栩栩如生，即使只是安靜地擺放桌上，都讓人有壓迫感。

佳佳為這齒模作了素描，炭筆的線條把牙齦色澤低調化，然後在整齊的齒列中穿插歪斜的門牙，作品顯得詼諧。

「畸生牙齒的陰暗感，有自然的推力，把我們的焦點推向端正的牙齒，於是觀賞者開始驚喜於皓齒光澤鑑人。從美術的觀點，光不是折射不折射的問題，是駕馭陰影的結果。弔詭的是，陰影不是主角，但是，駕馭不了陰影，再好的主題也沒有光彩。」

我驚覺到，如同佳佳的光影理論，我也只是階段性烘托主角光彩的陰影。

「少胡思亂想，先前不就說過？你是躲藏窺視的鼠輩，莫名可愛的那種。」佳佳笑著說：「這種素描可不行給我男友看到，他會只看到錯位的齒列、想到矯正評估，你知道的，只有鐵鎚的人，會把所有的東西都想成是釘子。」

畢業前，佳佳要我陪她去烏來。

「烏來的娃娃谷最適合山水寫生，早就想去拍照存檔。煙嵐水霧瀰漫深谷林間，那豐富的意境，想像起來真是一分鐘也等不及。」她雀躍不已，彷彿理所當然，我們會去烏來看瀑布山水，其實我有過短暫的猶豫。

那是個颱風天，一早意外地無風無雨。接近中午時，烏來的風雨逐漸增強，佳佳仍然興致高昂，甚至還臨時決定，趁管制哨沒人，直接深入管制山區。

風狂雨急，佳佳抓著照相機，半身泡在水勢盛大的溪澗中，興奮地為湍急的山洪取景。她的頭髮溼透，雨水沿著額前、兩鬢流過脖頸，滲入胸前。沖激的洪水浸濡她白襯衫的下襬和鵝黃的短褲。在我催促下，佳佳很不情願地上岸，濕透的衣服和短褲緊貼著她的身體，內衣鮮豔而性感的粉紫色毫無遮掩地顯現。

我皺著眉頭，著涼怎麼辦？

「沒事的。」佳佳謹小慎微地收拾相機，顯然她關心相機、底片可能更多一些。

回程的山路上，佳佳說冷。

「找個地方休息？」我記得入山口有幾家小型的賓館。

佳佳點頭答應。

颱風天，賓館空蕩蕩，櫃檯的中年人遞給我房間鑰匙時笑得曖昧。進房間後，佳佳迅速走向浴室，嘩啦的水聲響起，熱氣從不夠緊密的門縫急速冒出。我坐在書桌前的高背椅，無聊地按著電視搖控器，房間很暖和，感覺腦袋有些昏沉。

稍後，佳佳叫醒我。她剛從浴室出來，身上圍著長浴巾，毫不避諱地把私密的胸衣、內褲攤放在床上，誘惑的淡紫色，如同在溪澗邊雨水打濕後透露的。

我起身，從背後緊緊地抱著她，她順從地往後倚著我。我吻她濕潤的頭髮，悶重而混雜的情緒猛烈地衝撞我，然後迅速地扯下她的浴巾，她沒有抗拒，至少沒有肢體的抗拒。

「我很喜歡，但是……」她仰頭枕我肩膀：「但是，目前這樣就好，真的。」

我緊抱她赤裸的身體，無從思考。

「時間還沒到，耐心點。現在，這樣就好。」佳佳的嘴唇貼靠我的耳朵，吐氣般的呢喃。

我放開她，拾起地板的長浴巾，仔細地從背後幫她圍上、繫緊。

佳佳轉過身來，手臂環勾著我的頸。

「好喜歡你，」她睜大眼睛，深情而嚴肅地說：「真的！」

畢業後，我回南部任教職。佳佳留在北部，不久後便和牙醫師結婚。

三年後我也結婚了。

妻在證券公司上班，她知道我的失戀故事，但面對我突如其來的求婚，還是毫不猶豫地點頭。

「你是典型穩定獲利的ETF，平時配股利，機會到了還有資本利，完全就是我的菜。至於失戀那種小事，也就像出水痘，發過就沒事了。」她輕鬆地說。

妻是很傳統的女人，雖然具有金融專業，對於下廚調羹、整理屋間諸多雜事，她仍視為理所當然，並樂在其中。我們的生活單純，不存在所謂的光彩或陰影，妻的銀行、我的學校、我們的家，像高透明度水彩畫裡不同的色彩，即使混疊也毫不混亂。五年來，我們連最小程度的爭執也沒有過，即使在我自覺理屈的一些事物上，她仍能不慍不火，咬唇點頭退讓。

「有故事的男人成熟理性，我信得過你！」她總是這麼說。

在我平實、單純、理性的生活中也曾有過一些無害的小插曲。

一次是到學生家做訪談。

晚間，也還沒多晚，學生補習去了，只有年輕的媽媽在家。那是個極盡奢華的家，挑高的客廳垂著閃閃發亮的巨形水晶燈，壁飾箔金裝潢金碧輝煌——與嬌艷華麗的女主人相輝映。剛開始時，聊孩子在校、在家的情況還有說有笑，後來，話題轉到她先生的工作，氣氛就變詭異了。

「已經兩個月沒回家，經濟當然不成問題。只是，不年輕了，沒了魅力，自己的男人也守不住，還能說什麼？」她嚶嚶啜泣。

我慌亂地起身想告辭，她誤以為我會近身安慰，也站起來，撲向我身上，在我肩頭放聲大哭，我的肩上一灘濕透，更尷尬的是在每一次抽噎，我都感受到她前胸傳來異樣的彈性。我不敢低頭，腦海卻揮不去她那黑蕾絲的半罩胸衣，襯著雪白的肌膚，擠壓出深邃而誘人的凹陷。

再有一次是學校的同事。

同辦公室坐我旁邊的女老師，平時沒有太多的交集。那個黃昏，夕陽光影從窗外小角度投入，她的側面清晰動人，像精緻的古典仕女畫，線條莊嚴神聖。

辦公室裡沒有其他人，不經意的對望時，我點頭示好。她停下手邊正批改的學生作業，頭也沒抬地問：「在想什麼？」

我以為她是和手機對話，沒有理會。她又問：「說你呢，在想什麼？」我不知道該說什麼。她接著說，其實知道你在想什麼，但是，不可能，我不是那種女人，你也不應該是那種男人。

然後說到她老公。

「生完孩子後，已經分床三年，他不碰我，我也不想他碰。最後那次，房事半途，他翻身起床，窮極無聊地抽兩口菸，然後下樓開車離家，兩天後回來，我們就分床了。有女人？性無能？我什麼都不在乎，男人從來都靠不住，我有孩子。」

至於，徵信社找上我，問起佳佳，那是前年的事。

那是位陌生的中年男子，開始還以為是學生的家長。

「是關於佳佳的事，想請您幫忙。不確定您記不記得佳佳，按我手裡的資料，透過您找到人的機會大概也不大，只是被委託人逼急了，來碰運氣罷了，幹我們這行不比當老師的安穩。」

婚後，我和佳佳從未聯絡過。我警覺地回答，當然也是事實。

「知道你們沒聯絡，不瞞您說，對您的日常也有一陣子觀察，開個玩笑，公教人員嘛，生活平穩有餘，精采不足，除了月底的發票，碰巧中個兩百元獎金外，也沒什麼風吹草動。大致上，開車也是不闖紅燈的，要說外遇嘛，好色無膽、偷吃怕被狗咬，當然更不可能做藏匿逃家人妻這種大事。」

「從佳佳的記事本知道您這人，都說了，只是碰運氣。這種尋人案件，大可敷衍了事，時間一到，該出現的，自然會出現，即使當真石沉大海毫無音訊，委託人還是得支付基本費用，吃不了虧。搞徵信、捅八卦算不得大事業，只是這回佛心來著，想多盡點責任，讓事情圓滿，所以就多事找上您。」

「但這可不是什麼單純的尋妻個案喔，其中還涉及外遇、傷害這款狗屁事。搞外遇的是我的委託人——佳佳的老公。最開始是因為不孕的問題，男方自體免疫的不孕症，大約只能借精做試管，可是當事人無法接受借精產子、養別人的種這事，堅持身體根本正常，本身還是當醫師的，哪有不受孕的道理？」

「夫家懷疑是女方體質問題，造成精卵互斥現象。這在生殖醫學有過案例，所以夫家主導，希望找別的女人試試，也算一線希望。長輩干預下，佳佳當然只能讓步。」

「可是夫家找來和她老公睡過的女人，肚子一樣毫無動靜。然後，也不知道是當醫生的不容易死心，還是睡女人睡出興趣，最近這兩年，他「試」過的女人接二連三，還包括自家診所的護士。過程中究竟純屬任務過場，還是夾雜情真意摯，恐怕也只有當事人清楚了。」

「男人嘛，外遇像傷風感冒，只是機會的問題，誰能保證沾不上？媒體統計數字也都證實：成年男子一輩子平均擁有五個性伴侶。只是，玩得太過火，小感冒變成大瘟疫，怕是要搞死一票人的。」

「幾個月前，佳佳在給她老公的飲料裡摻進大量抗憂鬱的助眠藥，然後，拿剪刀往她老公那話兒，給它喀嚓下去……。她自己應該也嚇到，所以沒能發狠剪實，動手胡亂包紮，隨即通知夫家人、連夜打包行李逃了。」

「當事人沒敢報警，畢竟自家醜事扯開來，也是自找難堪，只是這婚姻確實維持不下去了，雙方總得坐下來談清楚，特別是夫家先前登記在媳婦名下的不動產，嗯，那真得好好談的。」

「佳佳沒回娘家，就我們所知，娘家那邊也急著找人。佳佳的朋友沒幾個，照理說不可能躲那麼久。這種事本來就女方吃虧，何況牽涉到動刀傷害。想也知道，躲不是辦法，及早協議離婚，要求合理的贍養費才是正途。」

「您已婚，生活單純、工作穩定、家庭和諧，當然沒必要牽扯這種事。只是，既然談開了，也就明白地請您幫忙，如果能聯絡上佳佳，務必勸她出面，認真談出個結果，大家都好過嘛。」

說起來，那時的感覺還真是詭異。關於陌生男子提到，佳佳的婚姻出狀況，成為逃家人妻，我似乎沒那麼在意，在我腦子裡清楚浮現的，竟然是那個颱風天，在旅館和佳佳親密的肌膚接觸。

然後，佳佳真的出現了。

那是兩個月前，一個普通的下班時間，我騎機車等紅燈，一部深綠色的轎車輕輕滑近我身旁，放下右側車窗。是佳佳！她戴著墨鏡，但我一眼就認出是她。

「好久不見了！」她拿下太陽眼鏡，秀麗的臉模完全沒有改變，紮馬尾巴，小仰角看人，還抿嘴微笑。

我們對望，就在路中笑著。

「妳，妳還好嗎？」我傻愣了。

「早離婚了。」佳佳輕鬆地說。

這時，遠處的交通義警吹響急促的哨音，又指了路旁的紅線。

「找時間聊聊？」

「找時間聊聊！」

然後，佳佳戴上太陽眼鏡，打上方向燈，緩緩地踩開油門。

直到佳佳的車遠離我的視線，我才想起，我根本不知道怎麼和她聯絡。

現在我知道，這完全不是問題，佳佳有備而來，她知道我上班的學校，知道我的住所，知道我的作息，她能輕易地聯絡我，在必要時找到我。她也知道我不會拒絕她。

我們每個禮拜見兩次面。

沒課的下午，佳佳開著車停在學校附近。她雙手輕扶方向盤，透過車前大面玻璃對我含頷點頭。在我鑽進她的車子時，她會再三確認：「不影響家庭？」」。

「不影響家庭！」這是我們的默契。

其實，這樣的默契也是多餘的，佳佳始終謹守分寸。有一次我們去看電影，趁著氣氛輕鬆，我伸手輕撫她後背，然後順勢摟她腰際，佳佳卻毫不猶豫地推開我，直到影片結束，我連她的手也沒摸到。

佳佳說，這陣子在醫院做檢查，不久就會回北部，不想讓彼此的關係變得太複雜。我問是什麼檢查，她微笑搖頭不語。

在下班前我們有四到五小時相聚的時間。時間很充裕，佳佳開著車，我們漫無目標地在公路上閒繞，然後討論行程。

通常我們會走向幽靜的庭院式小餐廳，輕鬆地坐在軟沙發上，愜意地喝茶、聽音樂、翻看書報和聊天。

說是聊天，其實也不精確。佳佳的話不多，只偶而不著邊際地問起：有無忠於家庭？有無盡心於學生？有無懷念故人？諸如此類。當話題轉到她身上，問到生活近況，佳佳就低頭緘默，即使如此，在稍後抬頭對望時，她含蓄盪開的淺淺笑意，還是讓人感覺滿心喜悅。

有一次，我翻看雜誌上莫內的名畫《布吉瓦之橋》隨興說起：

「灰藍色調的主畫面呈現鄉村悠閒穩定的氣氛，左上是灼白浮動的光，右下是幽柔延伸的影，這樣的光影安排，就像你之前說的，因為掌握到光影，也就掌握到布吉瓦橋午後安詳的印象。」

與佳佳談畫，那是毫不掩飾的諂媚。

「根本是錯覺，」佳佳一本正經地糾正：「我在英國曼徹斯特的庫瑞爾畫廊看過油畫原作，這幅作品的光影對比十分強烈，浮動的亮部搶去我們的關注力，很容易造成我們視圖的失焦，在理解上造成失誤。」

「仔細看，布吉瓦橋上遠近的行人眾多，只是色差小、不明顯，所以並沒想像的那麼悠閒，特別是畫面中景，幽影覆蓋的陰暗處，婦人牽著孩子疾走趕路，這哪來安詳氣氛？莫內以反襯手法描繪急躁與不安的氣氛，若不能發現陰影面裡壓抑的情緒，解讀作品當然會有偏差。」

佳佳的反應讓我錯愕。

之後，像印證畫理似的，她開始帶我去美術館或藝廊看畫，佳佳對西畫如數家珍，談畫風、說流派，一直都是她的專長。

「印象派對光的掌握被過度推崇，以至主題的討論被膚淺化，這對於大師的作品是蹧蹋。那些經典畫作，彩度的創意一直被人忽略，更何況是陰暗面的安排？多注意陰影區域就會發現，灰澀的暗面其實隱藏更多畫家的微言大義。」

佳佳指著杜普荷的《秋收》：「杜普荷把人物和馬匹置於前景亮面，在滿地、滿車金黃麥穗的襯托下，看似自然和諧。特別是拉車的馬匹，刻意以四十五度仰角後視的技巧，讓人不管從任何角度，都會聚焦在馬屁股上，產生詼諧的趣味，而這部分又是構圖的最高亮區，當然很容易就吸引我們的目光。」

「然而，右側馬車下的陰影，是藏有玄機的，車輪歪斜不對稱，破舊的馬車顯得搖搖欲墜，讓人捏把冷汗，忍不住對秋收的喜悅產生質疑。細心體會，不難發現，杜普荷真正要表達的是農人的艱困，暗喻豐收的大圓滿，其實只是反諷。」

「這和米勒在《拾穗》中運用的技巧，幾乎如出一轍。米勒用了迷人的暖黃色調，一望無際的土地在金黃的陽光下顯得安靜而莊重，而畫裡的主角——農婦們孱僽的神情卻蓄意隱藏在晦暗面，一般人因此誤解畫中彎腰拾穗的貧婦是米勒想表達的知足喜樂。其實，米勒創作這幅畫時，窮困潦倒的他正煩惱著，『要怎樣才能賺到房租？如何讓自己的孩子三餐能吃飽？』生活的苦悶、困頓才是他急於吶喊而出的心境。」

「所以，印象派擁有深沉歷練後的智慧，它表現出亮麗，卻希望我們去發現陰暗，掌握浮光只是技巧運用，在看似無關的陰影裡才有真正的主題——寫實的主題。」

佳佳侃侃而談，那輕鬆自信的神情幾乎也感染著我，直到她解說法國普桑的《阿斯多的瘟疫》，我才發現，佳佳談的並不僅僅是畫風流派。

那是一所神學院主辦，以十七、八世紀宗教畫為主題的畫展。

「《阿斯多的瘟疫》是普桑一六三一年的油畫作品。十七世紀的西方繪畫偏重戲劇性，這幅充滿世界末日意象的圖畫就很有戲劇效果。」

「繁華的阿斯多城大街上，到處都是染疫的死屍，前景之一是蒼白孱弱的母親抱著嬰兒的屍體，另一幼兒茫然呆坐在母親身邊，男子掩鼻嫌惡地從旁走過，畫面四周是雜亂仆倒的軀體，匆忙奔走的行人，臉色顯得驚恐不安。中景左邊是法櫃，右邊是長老們激昂地衝向神殿。畫面的幽暗處——牆壁、牆角或行人的腳旁，充斥囂張橫行的老鼠。背景一片明亮，卻是空蕩乏味，與主題截然無關。」

「這是舊約故事，非利士人將存放摩西十誡的法櫃遷移到阿斯多城，法櫃卻無法保護非利士人，以至於城裡災難頻繁，鼠輩橫行、瘟疫流行，阿斯多城近乎毀滅。」

「有趣的是，這幅聖經的故事畫沒有宗教畫應有的嚴肅與神聖，普桑異端般地捨棄宗教的明亮，專注在幽暗面，以陰沉的色調描繪人類社會的混亂、不安與憂鬱。畫中女性的死亡、孩童的恐慌、男人的背棄，是社會不安的主軸，而宗教卻未帶來救贖，與瘟疫鋪天蓋地的毀滅相比，信仰的力量毫無輕重可言──除非看懂畫中的隱喻，否則無法理解畫的價值，更無法體會普桑在人道關懷上的使命感與企圖心。」

「據舊約記載，人心敗壞，上帝憤而毀滅索多瑪、蛾摩拉和巴比倫這些繁榮的城市。普桑也想透過描繪瘟疫，把阿斯多城因為道德沉淪、即將陷於崩解的情境具象化。」

「十誡裡『不欺瞞作偽』、『不失德淫亂』、『不貪慕人妻』是以宗教約束人倫道德。換言之，背叛、欺騙和淫亂就是對上帝的褻瀆。普桑以法櫃做隱喻，批判淫靡的社會風氣，以流竄的疫鼠、慌亂的民眾、晦澀的滅絕氣氛，作為病態社會的警訊。」

「《阿斯多的瘟疫》成功地以畫筆的陰影來描述社會的陰暗，更難得的是，普桑想描繪的在歷經百餘年後仍藏有預言般的意象。想想現今社會氾濫成災的外遇、小三，像不像潛藏暗處、逐日擴散的瘟疫？」

畫家何苦這樣扭曲自己的情緒？「美」是直覺，畫作應該也可以很直觀啊。我笑說。

「美感是有生命、有意識的，就像文字必須經歷錘鍊才會變成文學作品。」佳佳的語氣平緩，彷彿純粹客觀地詮釋名畫。

然後，她站在拉斐爾的畫作前。

「在這裡，直觀的作品只有拉斐爾的《聖母子》。全亮度的前景構圖，母與子的主題毫無隱晦，中世紀遼闊的莊園、巍峨的城堡或莊嚴的教堂在背光下，都黯然失色，不論視覺上或意境上都顯得輕如鴻毛。」

「宗教上和現實生活上的親子形象，在此是融合一體的。因為母性的光輝沛然莫之能禦，作品在圓潤柔和中理所當然地充滿安寧、和諧、對稱、恬靜、秩序，不需任何委婉與映襯。」

「宗教畫是很有意思的。『阿斯多的瘟疫』以陰暗晦澀，描繪男人帶來的混亂與不安；『聖母子』用明亮直觀，歌頌母性的穩定與協調。更有趣的是，聖母處女懷孕的神話，像不像對男性的徹底否定？」佳佳最後這麼結論。

我必須承認，佳佳藉著談畫婉轉地說心情時，並不容易懂。而事實證明，即使在她毫無防衛地直說想法時，我也沒真正聽懂過。

那次我們坐在公園蓮池邊。

佳佳談起莫內的《荷花池》：「碧波無紋，水面上的荷瓣雖然舒展有致，卻顯得鄙俗。反觀水面下的倒影，若有似無的瀲灩更襯托出夏日荷池的一分透澈空靈。看著實景，想像莫內的筆觸，更能體會到印象派認知的美感並不在現實面。」

稍後，不遠處有位綁辮子的小女娃，在草地上搖晃地學步，一個踉蹌，跌坐下來，嚎啕大哭，年輕的媽媽雖然挺著肚子，還是很快地靠過來，抱起小娃又吻又抱的。

佳佳看著。短暫的沉默後，她自嘲地說：「知道嗎？從前我也是父母捧在手心的小公主，而今卻是他們最放不下心的。」我想她會掩臉痛哭，然而她始終微笑著。

再結次婚吧，下個男人會更好，不是嗎？我心虛地說。

「和誰？男人不都一樣。現在，我只想有自己的孩子、自己的家。婚姻、名分什麼的，對我來說，既沒意義，也沒必要。」

佳佳笑得很不自然，我握起她的手，意外地，這次她沒有掙脫。當時我並不知道，最多我也就只能這樣握著她的手。

我們最終走進了賓館。

沒有質疑、沒有說服，只是順其自然。

佳佳說，過兩天就回北部。

進賓館前，妻子的信任和笑靨也曾經浮上我的腦海，讓我有短暫的罪惡感，然而，那完全不重要。我和佳佳都深深感受到心底埋藏多年的遺憾，更何況——「不影響家庭！」我們都說了。

佳佳眼眶泛紅，我近身擁抱她，她輕輕地推開我，轉身從背包拿出隨身保溫水瓶，客氣地遞給我，我狂喝一大口，仍覺得口乾舌燥。

我伸手想拉開她的連身短裙。她再一次制止我，然後搭手在我胸前，由上而下解開我襯衫的扣子，再溫柔地把我推向床，我的腰帶被鬆開，長褲、底褲被緩緩地褪下。

我的身體微微發燙，久違的青春激情強悍地衝擊著我。

忽然，腦底一陣涼冷，我彷彿陷於急轉的漩渦中，周遭是反覆湧現的泡沫，在即將滅頂的瞬間，我應該掙扎，卻無力伸手。緊接著，房間裡裝潢新穎的天花板與提花的床面開始逼近擠壓，我想喊，卻發不出聲音。我的眼皮逐漸沉重，一度懷疑自己會這樣死去，我努力睜眼，想在闔眼前再看佳佳一眼，然而，終究無能為力，眼前只是一片無盡深沉的漆黑……。

佳佳為我套上保險套，然後緩緩捋弄。她細語呢喃如啜泣、如傾訴：「……醫師說兩個小時內，必須把取精套和取精罐，送回人工受孕中心。」那低沉的聲音飄然，像隔絕於時空外。

佳佳下的藥量應該不重，無色無味，大概是FM2或抗憂鬱之類的藥物。雖然還殘存暈眩感，但是意識逐漸清楚後，更像微醺。

躺在床上，加厚的軟床墊透著應有的輕柔與舒適，我再次輕輕地閉上眼。

徵信社的陌生男子、豔麗搶眼的少婦、面貌姣好的女同事、久別重逢的佳佳，甚至習慣沒有意見的妻子，他們的對話卻突然一擁而上，極度吵雜：

「不擔心生活，只是痛心，不年輕、沒魅力，老公也守不住……」

「已經分床三年了，他不碰我，我也不想他碰。外頭有女人，還是性無能？我不在乎……」

「外遇像傷風感冒，是早晚的問題，男人平均會有超過五個性伴侶呢……」

「男人都一樣陰暗混亂，婚姻毫無意義。我只想要有自己的孩子、有自己的家……」

「我信得過你，出過疹了嘛，你就是穩定ETF，適合長期持有……」

我翻身、乏力地坐在床緣，一股從未有過的冰冷，從房間的冷氣風口湧出。我抬頭望向牆上的大面鏡，這才發現自己還裸著身體，背光下，果然像極阿斯多城裡躲藏在暗處、蠢蠢而動的卑劣鼠輩。

阿輝興奮地問：「那，那老士官長呢？記得嗎？提錄放音機聽怪異戲曲的那老頭。」
是老趙，當然記得，我說。

河南梆子

這些年，老友聚會再少聊到部隊的事了。

在我們那年代，入伍服役算是男孩成人的大關卡。役期少則一年十個月，多則三年，先是數個月的新兵訓練，得操耐力跑、匍匐爬，得學刺槍術、莒光拳，下部隊後，還有野戰操練、移防部署、師對抗擬真軍演，僥倖派任後勤單位的，也得面對多如牛毛的業務檢查、財產清點，被服鞋襪缺損固然傷腦筋，槍械彈藥短少更會要人命。

總之，肉體和精神的雙重折磨就是義務役部隊生活的全部。

弔詭的是，一旦退伍，男人迅速忘記頭破血流的師對抗、四到六要命的衛兵哨、後挫力狠撞肩窩的卡柄槍、禁閉室裡壯碩凶悍的蚊子、自掏腰包賠償長官虧空的裝備，取而代之的，是搶攻山頭贏得休不完的榮譽假、是崗哨外孤寂長夜浪漫閃爍的星空、是五七步槍一百七十五公尺跪姿的滿靶射擊、是禁閉空間裡感應到的神異經驗、是部隊長官稱兄道弟的鐵血真情——典型斯德哥爾摩症候群，記憶總是凝結在最魔幻浪漫的那一頁。

男人聊起部隊的美好，不耗上半天是轉不了話題的。只見起話頭的人天南地北、滔滔不絕，旁聽者卻是充耳不聞，一味艱苦地摸索插話，但盼機隙乍現，主客易位，強搶風騷。其中深潛攻防，遠勝籃球近身抄球、突圍、禁區擦板，驚險刺激、高潮迭起，至於話題價值，對旁人而言，根本無關宏旨。

所謂共同記憶，大抵都是攀比過往，同中尋異而來。

阿輝打來電話，我最先想到的是詐騙。眼下朋友間用的是Line、是Facebook、是Instagram，家用電話儼然是詐騙集團專用。電話那頭，卻殷勤誠懇地解釋：當年在部隊裡也曾稱兄道弟，如此這般想方設法，總算聯絡到人，想來人生幾何，闊別二十餘年，怎麼忙也該找機會聚聚。

我無從想像這位和我稱兄道弟的阿輝是何模樣，倒是分開久遠的朋友，忽來聯絡，多少令人不安，彷彿久遠過往曾不經意種下何等惡因，累得邪魔妖道在暗地裡奮眥窺伺，然後就等這一天，時機成熟，一翻兩瞪眼，欠人該還的連本帶利，分毫難躲。

這經驗我有。

幾年前，一位任職銀行的同學，莫名其妙地找來。那人我倒還記得，大學畢業後，高考、普考、特考，無役不與，搞到眼前高層職銜絕非僥倖。見面，酒過三巡，他悠悠說起大二那年，目睹我和他的女神，攜手走在校園陰暗的花見小徑的情景。

「幽暗的杜鵑花徑，路燈懶懶，黑髮如瀑的女神緊貼著你，你們旁若無人，迫不及待地陷入彼此的懷抱……」他哀怨的說：「我至今未婚，那一幕對我傷害很深。」

天曉得，大學時，我追過的女友和他有過這般的重疊？總之，我尷尬道歉、賠不是。餐後還搶著要買單贖罪，他狠狠地瞪我一眼，掏出尊爵黑卡遞給餐廳櫃台。他沒打算原諒，我得為他的不婚愧疚終生。

阿輝堅持，吃飯聊聊，算是幫兄弟的忙。說到這情分上，我就不好推託了。

雖是久見生疏，阿輝卻顯得雀躍熱情，喊綽號、叫渾名，絕不生澀，還真像失散多年、遠來認親的弟兄。在他連番逼供似的「有沒有？」、「對不對？」、「是不是？」總算喚醒我微光般的記憶。

阿輝和我是大專同梯、同營部的。不同的是，他服預官役，在行政本部，負責人事保防。我沒考上預官，是大專大頭兵，分發補給保養中隊，看庫房。營區裡的預官、大專兵不多，常聚會聊天，只是保防部門專搞信件檢查、言行監控，惹人厭，阿輝難免被疏遠。一年十個月的役期結束，阿輝簽約留營轉志願役，這在我們單位史無前例，算是大新聞。

「早退役了！」阿輝笑說：「部隊待遇越來越好，自己都覺得可惜。只是大病一場，國家也不敢要了。好說歹勸自願退，否則軍方勒退就更難看。」

「生活還過得去？」我試探地問。怕借錢，也怕商品推銷。

「什麼話，年資二十，有國家養著，生活哪是問題？」阿輝搖頭，安慰說：「沒事，真的只是想找人敘舊！」

「知道我們那營區撤了嗎？前幾天專程去走過一趟，正門拉起封鎖線，衛兵崗大半崩頹，貓狗牲畜成群進出，營舍坍塌，到處是瓶罐垃圾、酸餿穢物，慘不忍睹。看著吧，不出三年，什麼國防重地，還不是公告標售？然後豪宅、公寓大樓拔地而起，一切就真是泡沫幻影，如露亦如電。」

營區撤離、釋放建地，挺好的呀。我笑說。

那營區緊臨民間私有地，根本就有問題。當時，每逢年節，庫房就得加強戰備，弟兄們每天輪四小時站衛兵，守庫房、巡圍牆，也夠累的了。

「你記得庫房！」阿輝興奮地問：「那，那老士官長呢？記得嗎？提錄放音機聽怪異戲曲的那老頭。」

是老趙，當然記得，我說。

庫房老趙的軍階是上士，營區同齡的老兵都升士官長，進營本部養老，就他因為脾氣火爆人緣差，佔不到缺、升不了官，始終只能在庫房當老大。

說是老大，庫房貨料進出，他也不過問，只有庫房清潔工作，他盯得死緊，根本是吹毛球疵。看弟兄們整潔時間摸魚打混，就滿口河南粗話：

「雞巴蛋子孩兒，管弄啥？」那嗓門大得嚇人。

庫房的例行清理後，正式辦公時間，弟兄們各自處理外駐部隊的收發申請，老趙就百無聊賴地待在辦公室聽錄音帶，他的抽屜塞滿河南梆子戲的帶子，有原版，也有翻錄的，他翹腳、瞇眼、打拍子，時不時哼上幾句。

弟兄們對那陌生的外省戲曲毫無興趣，聽得煩心，卻都敢怒不敢言。有一回，帶子播到一半，斷了聲音。老趙一臉困惑地調整錄音機，突然，女人的巨大聲音從喇叭喊出：「老哥兒聽多這款，會陽萎啦，乖，聽流行歌齁？」接著就是愛啦，心肝喂地亂唱，夾雜撒嬌的笑鬧聲。老趙急紅了臉，抱著放音機亂按，還邊罵勾崽子、臭娘孃……。大夥兒被逗樂了，這是庫房裡難得的趣事。

「對他印象怎樣？」阿輝好奇地問：「當年那些老芋仔在冰果室裡勾搭女人、搞色情，保防記錄可都清清楚楚的。」

這個也有保防記錄？沒那麼誇張吧，我搖頭。

那時營區附近有很多色情冰果室，簡陋的鐵皮屋，門面狹窄晦暗，裡頭另有隔間。場內放黃色小電影，也可以點歌伴唱，消費不高，百元左右就有免費飲料無限暢飲。唱歌、看影片還有小姐貼心服務，說是小姐，其實都是三四十歲的阿姐。

影片熱播、歡唱漸酣，窄裙豐臀的小姐就往來穿梭，先貼身磨蹭，然後纖纖巧手，在客人褲襠下撩撥搔弄，一番摧枯拉朽後，無不心神崩潰，只得急波波的隨小姐趕往夾層暗室，議價另求解脫。

老趙是常客，有固定的小姐服務，據說出手闊綽，頗受歡迎的。店裡的小姐喜歡學他的河南腔，老爹長、老哥短地打情罵俏。

「他自備帶子來唱歌，也會花錢錄自唱帶，還要我們跟拍唱曲，唱得好就頒獎。」聽說，那些老小姐常這樣吐槽老趙：「媽呀，唱那種平劇，誰跟得上？」

撇開這些私事，老趙的能力其實不含糊。我說，當年幫過我大忙。退伍前半年，庫房奉令承辦新任務——每個月兩次押車北上，收送南部通信中隊的維修單體。那是接收自美軍的通信元件，型號編列複雜，外觀就像電腦的擴充板卡，識別不易。隊長說，那玩意不小心會搞死人的。然後，指派我負責，因為「大專兵的腦袋應該會管用些！」

結果，怕什麼就來什麼。我押車北上才第三趟就出事——單體遺失了。清查單據、聯絡維修廠，不管怎麼算，數量就是兜不攏。中隊長先是唉聲嘆氣問怎麼辦？然後又拍桌恫嚇：「你，你，你當不完的兵了！」我嚇得六神無主。

一片愁雲慘霧中，老趙湊過來，搶過清單看了好一會，然後對著我罵：「恁腦子咋弄死雜里，哪有少咧？」老趙認定東西沒掉。

後來，單體是在北修廠找到的，也多虧老趙陪我跑一趟，才要得回來。

原來，老趙看懂清單編號裡有複合單體，猜到單體送修時，收件單位一拆為二，單件修復後，發送單位只送回主體，附屬元件就存自家庫存歸檔。

老趙在北修廠簡直無敵凶悍。那時庫房推給收發，收發推給維修廠。他火氣上來，一路「雞巴蛋仔孩兒」、「滾雞巴蛋」罵罵咧咧的，吼維修部隊長、要指揮官出來說理，嚇壞一票人，這才同意我們先切結領回。

「難得，他還能幫忙。」阿輝嘆氣說：「後來，老趙因為中風腦溢血掛掉，這有印象吧？那時你應該破百日、數饅頭等退伍了。」

我點頭。老趙往生那天我不在營區，出差去了。才回營就聽說他被送進陸軍醫院，持續重度昏迷，後來指揮官接受醫師拔管的建議，怕搞成植物人，後續無法收拾。

「老趙的後事，就是我處理的。當時以為老人家無親無故，往上填報資料、申請火化、入軍人公墓就算完事，沒想到事情不單純……」阿輝抬頭，盯著我問：「猜猜，老趙身後有多少遺產？」

應該有幾百萬吧？我搖頭，沒什麼概念。

「兩萬八千元！」阿輝壓低嗓音：「幹幾十年的老兵，只值不到三萬，你信嗎？」

我搖頭，不可能。

「所以，上面要求我詳查老趙的錢流。但是稽核存摺入餉、提領細目，完全沒有被盜領的跡象。結果，詳查再報當然也只能不了了之。」

「然後，就傳出老趙收藏黃金的事了。」

「據說老趙常跑銀樓買戒指、金鍊、小元寶。經歷戰亂、貨幣惡貶，他只相信黃金，這是弟兄們輾轉從冰果室那裡聽來的。傳言鑿鑿，保防官吩咐我暗地順藤摸瓜，調查真假。我問了冰果室的人。『老哥走得突然，黃金也不明不白！』那些老小姐信誓旦旦：『確實有金戒指、金元寶，我們看過、摸過，老哥答應說，只要會唱戲，就當獎品！』」

「傳言可信，指揮官隨即指派傳令兵和我聯手調查。從老趙的寢室、衣物、簿冊，檢視蛛絲馬跡，逐日回報。指揮官和保防官再三叮嚀，有任何發現，不得張揚，直接送營本部處置。以免多惹事端。」

「原來，他們在動老趙黃金的歪腦筋！」阿輝恨恨的說：「老趙公祭時，只有幾位老士官到場，算是兔死狐悲。至於中隊長、保防官、指揮官誰也沒出現過，後來骨灰裝甕、找塔位更是沒人關心。這老頭晚景淒涼，就只有我在撿骨時認真為他流過兩滴眼淚！那些人還有臉要黃金？」

找到了嗎？黃金。我小聲地問。

「對不起，很久沒這樣激動了。」阿輝深呼吸、喝水，然後皺眉說。

「我們每天忍受老趙房間那股讓人發暈的霉味——後來才知道那並不是什麼普通的霉味——翻遍寢室床被、書冊、衣褲，至於那幾十捲叫什麼梆子的錄音帶更是沒放過。保防官要我們緊挨一起，然後一人塞一只耳機，一捲接著一捲聽，聽得耳孔痠疼，也不准拔下耳機，就怕漏聽任何線索。

你能想像整天被那種咿嗚嗯啊的曲調洗腦，有多可怕嗎？」

「這樣的調查持續兩個多禮拜，我們終究一無所獲。指揮官當然不滿意，但是傳令兵說得有理，老趙當火山孝子，在冰果室裡暈船了，再多的錢也會被掏光，哪能存錢買黃金。也許真買過小金戒指什麼的，畢竟也只是充場面，窮酸擺闊罷了。」

老趙應該沒那麼蠢。我反駁說。

「當然！」阿輝看著我，高興地說。

「就知道和你談得來。醫生說，我得找人談談，否則又會憋出精神病來。可有些事如果找錯人談，還真會被當神經病。我查過老趙的資料，他孤家寡人以營區為家，幾乎沒有離營外宿的紀錄。基本上，財物不可能外流，而那些冰果室的女人，真能把錢財騙到手了，三緘其口都來不及，哪還會放任流言亂傳？更重要的是，我在老趙寢室的搜查，並非真的一無所獲！」

「咦！」我忍不住屏息挺胸。

「有這麼厚厚一疊銀樓的金飾保證書，」阿輝用食指和拇指撐開約兩公分的厚度，得意地說：「我在房間的電源箱裡找到的，塞在配電盤底下，隱密的凹槽裡。我統計那些單據，數著都頭暈，估算總值絕對不只百萬。那是我私下搜索來的，指揮官、保防官根本沒想到，我私下的搜查更縝密。」

「哇！」我驚呼出聲。

阿輝看我一眼，更顯得意。

「我不動聲色，迅速簽下轉志願役同意書——之前保防官曾遊說我轉志願役，原本還在猶豫。不久，又如願申請搬進老趙的寢室，不知這該說是老天幫忙，還是陰差陽錯？原來，有一陣子傳言四起，都說趙士官長的房間半夜閃黑影、有窸窣聲，冤魂不散！我自告奮勇願意進住凶宅，算是破除謠言、安撫軍心，保防官當然大力支持。」

阿輝稍停，嘆氣說：

「但是，轉志願役的教育訓練令卻隨即而來。我被派往東指揮部營區，離譜的是，受訓期間不得離營休假，形同軟禁一般。這諸多巧合都隱約透著詭異，我卻無計可施。那四週的教育訓，我食不知味，夜不成眠，就擔心寢室那批唾手可得的黃金，會不會被捷足先登？畢竟老趙房間裡夜半的黑影也不可能輕易放棄。我只能暗地祈求老趙夠細心，將黃金藏得滴水不漏。」

「還好我的直覺沒錯。結訓歸營，重回老趙的房間時，到處都有雜亂、深淺不均的腳印，連門板都有拆卸過的痕跡！我撬開電源箱，果然，我藏在原地——配電箱後，那疊金飾單據不見了！我忍不住倒抽一口涼氣。然而，那種小挫折沒能打垮我。對方偷金飾單據的動作太蠢了，明擺著承認找不到黃金，反倒讓我確認了對手的存在。我不斷提醒自己：『保持低調、謹慎、沉穩，放慢搜查步調，他或他們什麼機會也沒有！』」

「因此，白天我保持若無其事，只在半夜才摸黑工作，從寢室地板、牆面、天花板到隱藏的水電管線，都用聽診器仔細檢查，稍有不尋常的聲響就小動作敲、鑽、掀、挖，這樣當然累人，但是，屏氣凝神關注寢室外的風吹草動其實更累人——突然的腳步聲、咳嗽聲、呼吸聲都會讓我在深沉的闃寂中驚顫不已！」

「寢室裡真的有黃金？」我低聲問。

「沒有，黃金確實不在寢室！」阿輝認真地說：「但是，排除寢室，我幾乎能確定黃金就在你們庫房！老趙管控整個庫房，那是他真正的家，對吧？」

我點點頭，又搖頭。庫房藏黃金是可能的，但偌大的內外庫房，在裡面找東西簡直是海底撈針。更何況還不准外人隨意進出，想暗地裡搜尋庫房根本是無稽之談！

「所以，我要求指揮官，讓我轉調庫房，補趙士官長的缺。」阿輝得意地說。

「那陣子庫房新增不少業務，算不上肥缺，我看準指揮官不會有意見。果然，指揮官點頭認同，他說年輕人有企圖心、勇於挑戰，當然值得拉拔。」

「但，我卻收到外調離島的派令！我傻眼了，指揮官卻勸說，轉役的預官不比軍校生，內調職務沒啥用，外調才有機會爭取記功提敘。我還想辯解推辭，他忽然站起身，冷冷說道——調外島沒什麼不好，遠比你半夜不睡，起床瞎忙有用！」

「我後來在外島的生活過得很糟。但當時指揮官的話，如刺刀般惡狠狠地扎進我心頭：『半夜不睡，起床瞎忙！』，他是幾時開始監控我的？我竟渾然無覺，多令人沮喪哪……然而，事實證明，老天爺還是站在我這邊的。」

「調外島的隔年，我接觸到機房的無線通信機組，其中 TRC-131 熱機散發的油耗味，總感覺似曾相識。我敲著腦袋回想，那透著隱密關鍵的重要訊息忽而模糊、忽而清晰，直到有天深夜，我矍然驚醒，腦袋的陰霾盡退，心底興奮顫動——是老趙的房間、衣褲、床被的氣味，原來那不是霉味，是 TRC-131 機組的氣味！」

「這讓我重新振奮起來。發現老趙的黃金和 TRC-131 有關連後，我再也睡不安穩了。後來，反正睡不著，就夜以繼日地待在機房替弟兄們值班，當然，主要是想守著 TRC-131，聞那種油耗味才心安。」

「大半年後，中隊長發現我長期待在機房值大夜班，嚇壞了。也罵也勸，什麼績效重要，身體更重要啦，記功嘉獎不能當飯吃，違反戰勤法規會適得其反啦等等。我當然不想惹麻煩，但是，我離不開那通信機房了，只要聞不到那特殊的油味，就會情緒低落、渾身不自在。中隊長擔心早晚會出事，想方設法幫我提報離島績優楷模，讓我提早調返營本部。」

阿輝緩了口氣。

「那時，營部來了新指揮官，他看我敘獎紀錄輝煌，很是欣賞，要我代理保防官缺，還鼓勵我續約留營，那時志願役首簽三年將滿，我當然答應下來。那真是令人振奮的時刻，千迴百折，以保防安全為理由，我終究能理直氣壯、自由進出庫房了！」

「還記得庫房最裡面，層層堆疊的巨型木箱嗎？」阿輝認真地問。

我點頭。那些閒置的通信機組有近百箱，型號眾多，因為還未退役，理論上還能拆零換件，所以就算不堪使用，逐年棄置，上級單位也不同意報銷。庫房裡，除了老趙，誰也不知道實際內裝。

「就在那些機組裡！因為味道太熟悉了，閉眼吸氣我都能找出 TRC-131。」阿輝好不容易咧嘴笑了出來。可一會兒，神情又變得嚴肅：「與此同時，我也發現自己被跟監了。」

「對方很機靈，我稍覺察他就迅速隱身消失。我猜是那些人還不死心，可是都換指揮官了，他們哪還有機會？但是，在部隊裡被監視，投鼠忌器，還是很讓人為難。就這樣，很長一段時間，我強忍著若無其事。」

「某個連續假期，營區弟兄們大半放假，我等待的機會終於來了。那天，我先和衛兵打過招呼，進入庫房巡視，確定四下無人後，便接著確認TRC-131機組的位置，伸手撫摸到機箱的時候，心中充滿壓抑不下的喜悅。」

「忽然，那身影又從我後方閃過，我不懂他是如何避開衛兵的？我迅速轉身、緊追，他幽靈般地躲進最內層的那堆機組後，我猶豫著想喊衛兵逮人，他猛地抱頭衝出庫房！就在匆促斜眼瞥視的瞬間，他竟然咧嘴冷笑。我看清楚了他的臉——是那之前和我一同調查傳言的傳令兵！可是他不是早就退伍離營了嗎？」

「之後，我每天神經繃緊，腦底有千絲萬縷拉扯著，我又開始失眠了。」

「出事那天，我沒吃晚餐，比往常還早洗澡，因為輕微暈眩，身體發燙，像要感冒了。在浴室裡，不時會聽到聯誼室的弟兄們被電視逗樂的笑聲。我沖了會兒冷水，把香皂抹上左臂，手臂迅速傳來一股怪異的溫熱，看著拿在手裡的香皂，上面像嵌著一道細如髮絲的黑線，再仔細看，竟然是垂直嵌入的刮鬍刀片！」

「我的左臂開始刺痛，低頭一看——鮮豔的血紅正穿透乳白的泡沫，急速湧出。我腦袋裡的千絲萬縷瞬間鬆脫，浴室不規則地旋轉、彈跳，我忍不住放聲尖叫。」

「之後我在醫院清醒過來。醫官問我怎麼弄成這樣，我壓抑心中激動，冷靜地說，浴室的香皂被人嵌入刀片。他笑說，是想太多吧。我對他輕佻的態度很不爽，什麼話也不想多說。」

「出院時，醫官開了藥，說得長期吃。我納悶不就是割傷嗎？何至於要長期吃藥？醫官卻說：和傷口無關，是譫妄嚴重，有些麻煩。我氣急敗壞大罵，什麼譫妄？看不出是有人蓄意謀害？香皂裡藏刮鬍刀片，都搞得血淋淋了！」

「沒有什麼嵌入刀片的香皂」，他耐心地解釋：「你入院時，左上臂皮下還插進斷裂的指甲，那傷更像是自己摳出來的。」

「我的腦袋完全崩潰了。焦慮恐慌、無法思考，整天噁心、想吐……。醫官安慰我說，生理異常所導致的大腦混亂，屬於急性精神耗損，不算神經病。」

「部隊裡開始蜚短流長，說的還是中邪鬧鬼那回事。指揮官讓我借調教育訓練單位。他說，在養老單位容易累積年資，只要不再搞出事端，混著退休領終身俸大概不成問題。」

「我調離營部後，藥吃得很勤，也定期接受心理治療。每天都再三提醒自己，沒有黃金單據、沒有傳令兵、沒有蓄意謀殺。總之，老趙不可能有黃金，偶而心生懷疑，就給自己兩個耳光。之後，身體算是穩定下來了，遺憾的是直到退役，我都沒能再踏進庫房，更沒有機會撬開老趙的藏金箱。」

「現在，不吃藥我還是睡不了，腦袋時不時像斷片般卡住。不過，習慣了也不礙事。倒是風雨晨昏，心頭還會糾結那批黃金的去處，然後又開始乏力、沮喪。也沒力氣再賞自己耳光了，只能往牆猛撞腦袋，模樣大概也挺嚇人的，最後老婆都鬧離婚了。」

「上個月和老婆分手後，我又去了趟舊營區。庫房荒廢已久，空無一物，我靠著破牆，痛哭失聲。但和黃金無關了，只是找不到人聊聊，覺得莫名悲哀。」

阿輝哭喪著臉。一時間，我也無從安慰起。

「其實，」沉默好一陣後，我勉強找到話題：「還有些關於老趙的故事，我隨便聊，你就當笑話聽！」

就老趙陪我去找回單體那次。

老趙在北修廠要凶悍嚇壞所有人，可是離開營區後，他卻膽怯地捱著我走，彷彿擔心把自己搞丟了。那天，我們在國軍英雄館登記住宿後，他拿了一張手抄地址的紙條，要我陪他去找找。

那位置不太好找，遠離鬧區的老舊公寓，在小巷弄的盡頭下了計程車後，又走小段路。公寓大門沒有管理員，我們直上六樓，老趙邊喘著氣，邊按響電鈴。

開門的是個女人。女人看到老趙，一陣驚愕。

「日你娘勒！嘎子哄我的錢，匿這孔管弄啥？」老趙搶進門，抓著女人的手，劈頭一陣惡罵。

「日你媽個雞巴！」女人用力甩開老趙，叉腰挺腹，也一陣惡言惡語相對，兩人鬧得不可開交。

聽那爭吵內容大概是，老趙借給女人一筆錢，然後女人避不見面。女人卻堅持那錢沒白拿，相好那麼久也都抵得過。老趙卻堅持，既然想分手，欠債就該還錢。

僵持了好一會，女人摸著自己的大肚子，切齒咬牙地說：現時沒辦法賺錢，等生下孩子，拚死也會還錢。邊說還邊哭罵，外省仔沒天良，出嘴沒好話！好嘉哉，毋想隨你過日，若無安怎死的攏毋知！

老趙一時應不上話，稍後才又罵說：「沒事生崽弄啥？」

女人一把眼淚一把鼻涕，隨口喊說：「凡勢是你造孽放種，害恁祖媽佇受罪！」

老趙傻愣了，直盯著女人的肚子。

我無趣地瞥看女人的房間，單人床狹窄凌亂，布質的衣櫥，拉鍊門半開，有些衣物就掛在拉鍊邊緣，靠牆是一張摺疊桌，上面茶壺碗筷成堆。

女人體型粗壯、皮膚偏黑、鼻孔朝天，整體長相抱歉，看似四十好幾了。

俺的娃？老趙低聲問。

毋是、毋是……女人連聲否認，又起身開嗆：外省仔沒情沒分，當初乾爹、乾女兒叫甲親像真的。這時為著錢，竟然台灣尾追到台灣頭，就算死嘛不準阮囝認這款老爸！

回程時，老趙一言不發，回到住處，也早早就熄燈就寢。稍後，在黑暗中，老趙問了：「那娘扯鬼，真俺的娃？」我裝睡沒回答，怕說錯話自找麻煩。

後來，每次北上，老趙都要我送東西給那女人。都是些軍用罐頭、口糧，也有奶粉和孕婦補品。那女人並不領情，看著東西就嘀咕：神經病，大身大命誰敢亂吃這種垃圾？那些話我當然不好跟老趙說。

最後一次幫老趙送東西，就在他中風腦溢血的前幾天。像預知死亡似的，他託我帶的東西超多，用墨綠色、帶釦環、直立的那種行軍背包，裝得厚實。應該是女人的產期接近，老趙莫名其妙焦慮起來，其中還有四、五組盒裝禮盒，猜想是小小娃服裝什麼的。

「等娃生，你再陪俺蹓台北？」老趙商量著跟我說。

大背包送到時，女人頭髮凌亂不整，臉面浮腫，像剛睡醒。她手叉後腰，倚靠門邊，套著寬鬆的廉價孕婦裝，那圓凸的肚子更顯誇張。除了瓶瓶罐罐外，那幾組禮盒也沒想像的輕，我逐一幫忙擺上桌，她懶懶地看著那幾組嬰兒禮盒，大罵老趙又發神經了。

之後，我下樓離開公寓，走到巷口的站牌等公車，心裡很是不爽。好一陣子後，女人踩著藍白拖，啪達、啪達的追來，喘著氣問，老趙還有沒有交代什麼？我說沒有。她紅著眼眶，在公車站牌愣了半天。然後，抽抽噎噎地拜託我隔天再去一趟，說要整理東西，讓我帶回給老趙。

她給的是整套豫劇皇后王海玲的錄音帶，豫劇就是河南梆子，我後來才搞懂的。女人再三拜託：「老趙最喜歡這個，務必親手交給他！」

「那禮盒有問題！是不是？是不是？」阿輝睜眼，興奮地追問。

「我沒看到禮盒裡的東西，不敢胡亂說，」我搖頭，看著阿輝：「反倒是那套河南梆子，還真有點意思。」

「錄音帶我沒能交給老趙。如你所知，他被送進醫院就再沒回來。但不管如何，畢竟是故人遺物，總覺得還是保留著好。所以，即使沒興趣聽，歷經退伍、工作、結婚、搬家，多年來也沒敢丟棄。」

「後來，我唸了教育研究所，指導教授指定的論文搞得我焦頭爛額，什麼《傳統曲藝與教學活化》的。我是衝著那套錄音帶也有『傳統戲曲』四個字，才想到放來聽聽。河南梆子的唱腔鏗鏘有力、抑揚頓挫自然生動、本腔唱詞清晰表達情感、起腔與收腔翻高尾音催化感情，這些特色都在多年之後我才略識皮毛。」

「而曲調裡棗木梆子的拍法，即使是外行人，也很容易被吸引，怎麼說呢？那囂張豪邁的自由拍，毫無章法可言，於是在密匝的鼓、鑼、弦、鈸等樂器中，梆子聲只能突圍般的東奔西竄，說是突圍嘛，卻又不是四面楚歌的悲涼，而是慌亂中透著詼諧逗趣。你能想像，那種令人發噱的梆子拍嗎？」

「我是在其中一捲帶子，聽到女人隱藏的錄音留言。」

曲近尾聲，在一陣繁弦急管後，梆子腔戛然中斷，先是短暫的空白，接著是不自然的喘息，然後是沙啞的聲音，國台語夾雜：

「老趙、老趙，我跟你說實話，你不能生氣。你還是做阮阿爸好啦，還有現成的孫子會叫阿公呢！」稍停頓後，再就混著抽噎的鼻音：「老趙，乎阮叫阿爸，你不會吃虧，我和恁孫攏會照顧你、有孝你一世人，好不好？阮自細漢攏毋叫過人阿爸，你就是阮的親阿爸、阿爸……」

「我連著倒帶、重放、倒帶、重放，一聲聲喊自心肺的『阿爸』聽得我頭皮發麻，背脊冷涼，直起雞皮疙瘩。後來，我還真的用河南梆子為題寫成論文。這幾年陸續整理不少戲目，都上傳 Youtube 了，有興趣你也可以上網聽看看。」

阿輝聽著，還想說些什麼，聲音卻哽在喉頭，勉強擠出笑容後，伸手去拿桌面的飲料，稍一顫抖，杯子翻倒，飲料迅速渲染緹花的桌巾。我喊了服務生，他望著延伸的水漬出神，我連喚數聲，他才抬頭望向我，眼神空洞，彷彿那失落的靈魂仍禁錮在過往的歲月裡。

攏會笑笑嚇伊，講著巷仔底有掠囡仔的魔神仔，所以得乖乖坐牛車頂。伊知影阿爸是驚伊胡亂走，伊嘛知影顧牛車、舀水肥彼是塭仔人的本分。

塭仔人

欽仔徛佇塭仔墘擛頭看前庄彼頭，吐大氣、搖頭嘈念：「這庄頭是越來越反常矣。」彼時，阿文拄好夯完半山懸的飼料入倉庫，鼻頭過敏擋袂牢，相連紲拍數聲咳啾，轉身欲關庫房，魚塭仔厚濕氣，庫門生鉎嚴重，捒揬攏足吃力。

欽仔瘸腿行過塭仔墘巡視家己彼將近一甲的魚塭仔，先是感覺自庄裡颺來的南風焦燥，雖然有十五尺寬的塭仔溝隔開，透涼的溝水也擋不住彼陣燒熱，有時焦草猶會綴燒風四界飛，伊伸手摼起，挼開焦草，全無青草味，只有爛土的臭殕味，手掌也黏甲烏趖趖，彼毋是塭仔草，是自拋荒的塭仔窟飛來的——遐的夭壽仔攏嘛用糞埽佇咧打底坉塭仔！彼款不答不七、龜叨鱉趖的氣氛早慢會影響著家已的魚塭仔，莫講別項，這站仔水車自天光打到日頭暗，虱目魚猶是時常浮頭，放料亦袂搶食，無攬無拈懸佇水塭仔內，親像佇思考啥。真正是看著鬼，虱目魚若開始想東想西，塭仔人著悽慘落魄矣！

阿文聽著，無應聲亦無插喙。欽仔起雜唸的時陣親像咧交代工課，也親像咧講古，話語中暗藏哲學或者文學彼款高深莫測的思考，親像鄉土性的魔幻寫實小說，若聽入神，伊的情緒就陷佇虛幻的文學理論中浮沉翻湧。這時，綴欽仔的目尾，看向塭外，四野無邊的空曠塭仔地，沙塵滾滾，砂石車來來去去，相紲將塗石摒入拋荒的魚塭仔，尤其靠近庄頭路的方向，尚早坉塭，山貓仔、怪手彼款重型機具起起落落，看來頗略仔有重劃區的形貌。伊心情一陣輕鬆，正常人的頭殼裡若像寫小說的，有莫名其妙的浪漫思想，早慢心理會惹出麻煩，佳哉，欽仔只是猶未適應塭仔寮庄近來的變化——做塭仔的越來越少、坉塭賣地的越來越濟矣。

阿麗佇厝埕披完衫褲，挺胸伸勻，這日自早就開始攢牲醴準備阿爸做忌，衫褲較晚晾，若無這時就會佇塭仔池撒料鬥相工。伊越頭看欽仔，又看阿文，煞感覺好笑——罕得幾時，兄弟仔竟然同齊戇神，攏恬恬看向塭仔外！

欽仔教阿文做塭仔自來親像老爸差教後生。兩人相差二十餘歲，欽仔老練，事事項項求穩當，做穡本來就龜毛，跤骨受傷了後，講著全步數，欲做無半步，個性煞愈躁急，交代工課攏若拍火。阿麗看佇目裡也緊張也煩惱，少年人哪會堪著彼款雜唸性？小叔阿文雖然是生手，好歹嘛是大學畢業，這飼魚亦無啥大代誌，哪有看無、學袂曉的？再講，阿文廿六歲，有穩定的女朋友，看好日子隨時攏會使結婚生囝，哪好隨便大小聲，當做囝仔差叫？

是喔，講到女朋友，阿麗轉念想起：欽仔慢婚，是彼時厝內沒大人做主張，這馬千萬袂使閣延誤著阿文，阿爸早就往生，這當然就算兄嫂的責任。前兩天有提醒阿文，阿爸作忌拜拜，著招呼美珍來厝吃飯，看若會使，應該順便參詳提親，現此時少年人歡喜相意愛，該做無該做的攏急欲做，偏偏結婚大事袂急，若無大人出面，恐驚三冬、五冬猶是咧耍假的。

阿麗愈想愈趣味，喙笑目也笑。

自從欽仔的跤受傷了後，厝內算是好事連紲。若講著欽仔的傷，彼正經毋是講耍笑的，魚販阿林仔的貨車閃砂石車，欽仔好心幫伊顧頭看尾，哪知阿林仔彼駕照是雞排換來的，貨車後輪直直按欽仔的跤盤軋落，粉碎性骨折，羣石膏坐輪椅前前後後規半冬。開始欽仔猶毋知煩惱瘸跤，心心念念猶是：才落魚栽，塭仔倩無人顧。佳哉是阿文有情有義，聽著兄長出車禍，隨就放落北部的頭路趕轉來。先前欽仔三姑情四拜託，攏法度予小叔仔要意厝內的魚塭仔，這擺看欽仔倒眠床哼唉，竟然頓頭暫時辭掉北部的頭路，鬥相工做塭仔，難得兄弟仔同心，彼當然是好事啊。

然後是阿麗家己——

舞弄誠濟年，這擺終於「做人」成功。講起來嘛真奇，起初是感覺有當時會烏暗眩，後來三不五時就反腹、起驚惶，尤其是日時砂石仔車起落轟轟叫的時陣，伊就想欲喊救人。欽仔搜櫃弄甕幫伊揣便藥仔，哪知看著藥仔，煞刺酸吐袂止。欽仔幫伊掠筋、挲腹肚，肚尾彼款悶悶的感覺猶是那有那無。

「凡勢是著胎，」欽仔滿面正經講起：「查某人若無來洗，倒爿腹肚砧是子宮發炎，正爿肚尾悶可能是有身。」

彼時，阿麗猶掠準欽仔是練痟話——這款代誌哪有查某人毋知影，查埔人煞捌規齣的？欽仔若遐爾仔勢，伊這幾年來就毋免四界揣醫生。

話講翻頭，這次欽仔竟然臆甲準準，醫生驗過，阿麗真正是有身矣。

「干焦會使講是運氣好，天公伯鬥相共。」醫生講，像欽仔和阿麗這款條件，做試管嬰兒嘛只有四成的機會，莫講是人工授精。

「哪是天公伯鬥相共？是欽仔的阿爸有靈聖、有保庇啦。」阿麗看向欽仔伊兄弟，挲伊猶平坦的小腹滿心歡喜。

平坦青翠的塭仔墘、開闊蒼莽的魚塭仔，以及烏瓦紅磚的粗勇古厝，彼攏是阿爸拚來的底。瘸跤無法度作穡了後，欽仔時常會想起阿爸。

阿爸是退伍軍人，佮阿母結婚後，搬來這種倚河近海的塭仔寮庄頭，起頭幫人顧塭仔，拚到有家己的魚塭仔，彼是何等艱苦的過程？欲知影，彼時阿母有病在身，阿爸做塭仔兼無閒厝內厝外。認真想，彼時的勢面應該就親像淺坪塭仔的魚栽，無圍無閘想欲拚過十二月天的超級寒流——根本是譀古嘛。但事實證明，阿爸是按呢拚過來矣。

欽仔接阿爸的手只是守成，二十餘年來，半坪魚塭仔嘛毋捌買過。但是，守成也無簡單，尤其這暫仔魚蝦的行情袂穩定，比如前期虱目魚豐收，池邊價自三十九摔掉到三十二，佳哉白蝦的價數好，比往年起一成，所以掠長補短、掩來扯去，當期的營收猶會當維持佇水準以上。

混養的白蝦收成大好，算是運氣，阿文耳孔輕聽信飼料行的業務，自做主張試用新款飼料，配合益生菌配方。欽仔氣甲無好聲嗽，魚塭仔落高成本的新飼料根本是冒險，就親像插賭拚運氣！哪知青盲雞啄著好米，新飼料竟然合著白蝦的性，自蝦栽至成蝦，無病無害，而且攏是廿二至廿八隻斤的特大派頭，欽仔雞喙變鴨喙，阿文當然是囂俳兼聳鬚。

這个水期除了虱目魚、白蝦仔，也混養文蛤，阿文堅持繼續用高成本的飼料，講是提高的收成、利純貼飼料錢猶有賭。欽仔毋信高級飼料就有好收成那套講法，比論講，砂石仔車來來去去，轟隆聲沖沖滾，魚蝦栽仔若著青驚，什麼特殊配方嘛沒路用。

阿爸做塭仔的年代嘛無啥特殊配方飼料。彼時，除了豆餅、米糠外，就只有倚靠揾肥培養塭仔底的青藻。

欽仔猶會記得綴阿爸去市內舀肥的往事，彼大約是讀小學前後的代誌。

當年厝裡有一隻短角的黃牛，肩胛懸，頷頸的厚皮攝襇頕垂，兩爿骿仔骨外顯，看似荏弱，袂記得是家己飼的，抑是借來的。阿爸共伊坐佇牛車頂，牛車頂猶有長凸圓的大柴桶，那是囥大肥的。

天色袂光，牛車那趒那晃，出庄頭、入市區。牛車實在無好坐，不過予人心酸的並毋是牛車歹坐、路途迢遠。牛車入市內舀肥是足失禮的代誌，就算牛車恬恬經過人門口，彼大柴桶猶是會予人想起屎味臭氣，惹人厭棄；但若是天色烏暗暗即去人厝邊厝角的屎礐孔，跕跤覕手舀肥，無細膩嘛會予人懷疑是來作賊。

每擺阿爸牛車停落來，拎長杓、擔水桶行入狹窄暗影的巷仔，攏會笑嚇伊，講著巷仔底有掠囡仔的魔神仔，所以得乖乖坐牛車頂。伊知影阿爸是驚伊胡亂走，伊嘛知影顧牛車、舀水肥彼是塩仔人的本分。

有一回，伊好奇跳落牛車、行入陰深的巷仔內。巷內比伊所想的猶較彎曲深落，伊倚靠圍牆邊聽阿爸舀肥落桶的聲音。突然，壁邊有人開窗探頭，看著伊，又看巷仔底的阿爸，「幹！」隨即關窗。伊原本猶感覺驚嚇，後來又想講彼幹譙佮伊無關係，挹肥的阿爸、巷仔口載肥的牛車，佮伊攏離遮遠，按怎講嘛無伊的代誌啊，這樣想心情才慢慢放鬆落來。

欽仔想著阿爸，心內滿是感恩，不過嘛有淡薄仔鬱卒。阿文年紀輕頭殼好、身體勇，做啥攏順手，但是舀肥飼魚个年代伊猶袂出世，彼時的情景伊也無從想起，當然不知飼料以外，放塭飼魚的艱苦佮專業。

放塭是專業技術？阿文完全無彼種感覺。逐擺跟綴欽仔巡魚塭仔的時陣，伊攏會按呢懷疑。當然，顧塭飼魚的過程辛苦，這點阿文絕對無懷疑，但是塭仔人的技術根本毋是科學意義的專業——至少所謂的專業，有一大部分是透濫著理性佮感性，甚至浪漫想像的方式猶是佔大多數。

比論講「飼魚先飼水」，欽仔時常吩咐講：塭仔池的水色、水味若毋對，魚栽就會出代誌。認真想，「飼水」本身就是浪漫的講法，因為水色、水味就是虛泛的概念啊。

「啥麼虛泛？水色、水味，探水尾就知影！」欽仔搖頭分析予阿文聽：「水車的水沫積水尾。色水若重綠，沫厚帶臭臊，彼就是反水，魚仔就浮頭搧尾。」

色水、氣味敢毋就是個人主觀的感覺？閣再講「魚仔浮頭搧尾」，彼更加予人茫茫渺渺——魚仔浮頭幾分才準算？以魚鰭亦是魚半身做標準？搧尾的力頭怎麼測量輕重？結果，原來塭仔的空氣量低、水車轉速不足、飼料無適合，甚至虱目魚食飽，擺尾晃頭做娛樂，種種原因攏有可能浮頭搧尾。

阿文自細漢就無愛食魚，認真說，是無愛食塭仔飼的魚。魚塭仔飼的，像虱目魚、鱸魚、吳郭魚，甚至白蝦，除了口感有淡薄仔差別，肉質基本上相差無寡濟。想嘛知，放仝窟魚塭仔，用共款魚料、藥劑飼的，口味當然大同小異。

細漢彼時，阿文對家己厝裡的魚塭仔並無啥物感覺，就親像對阿爸、阿母，伊嘛無啥物感覺。

乳母講，阿母是智能不足，生伊出世就過身。阿文會曉代誌彼時陣，阿爸已經六、七十。講來，做囝仔的記憶只有佇乳母伊厝的情景，尤其是彼新厝的客廳，混雜暗綠、玫瑰紅佮透白的磨石仔地板，印象特別深，彼地板有碏碏、金滑、焦爽，伊三不五時就覆佇地板那舐那鼻，伊上愛彼款清爽的氣味，佮家己古厝裡的臭腥味完全無仝。

對家己的魚塭仔，認真算猶是有兩回印象較深的。

讀國小，有幾个同學來厝裡耍。眾人釣魚、炕窯，也有佇塭仔窟划竹排仔。然後有人藏水沬，一面那踊水、一面展開雙手對伊歡呼，伊歡歡喜喜攑手應聲。忽然間，欽仔自魚塭仔的彼頭從來、跳落水，將伊的同學自塭仔底摸起來。其實嘛無啥驚險，彼時伊是按呢感覺。彼个同學坐佇塭仔墘吣吣掣，目屎四淋垂，阿文參眾人攏圍咧笑伊見笑見代、卸世卸眾。

欽仔突然踅過身，雄雄伸手搧伊喙顊。彼時伊猶毋知影魚池分深淺塭仔，厝裡彼將近兩米的深水塭是會淹死人的。

另外是高二彼年的暑假。欽仔牽魚，網罟勾佇塭仔底，喝伊過來鬥相共。伊落塭仔，摸著魚網勻勻仔倚近欽仔，塭仔水淹過胸坎，有一隻大頭拇粗的鱸鰻，彎彎斡斡自目睭前泅過，伊伸手摯起、搦牢牢，心內歡喜，大聲喝咻：「鰻仔！鰻仔！」彼鰻魚蜷纏佇伊的手節，無想像中的滑溜。「蛇！彼是蛇！緊⋯，緊放⋯⋯」欽仔慌狂大聲嚷。猶袂赴放手，彼蛇已經踅頭對伊的手骨腕咬落，閣來伊就感覺烏暗眩、規身軀痠軟。欽仔扛伊上岸，揹伊衝百外公尺、攔車送醫。

了後，欽仔想著就罵伊智障，虱目魚塭仔哪撈會得著鰻仔？

往事歷歷，阿文會記得、會理解的也就這兩件事。首先，伊無想欲親近魚塭仔，彼魚塭仔也無遐容易親近。另外，虱目魚塭撈無高貴的鰻仔——伊會記得，塭仔人自魚塭仔得到的，絕對袂超過放落魚塭仔內底的，放塭趁的攏是艱苦錢。

阿麗自結婚以來毋捌怨嘆過生活操勞，獨獨為著「生囝」的問題，伊不時會佮欽仔起冤家。

欽仔慢婚，精蟲數量無夠、品質也有缺陷，害阿麗一直無法度坐胎，猶毋過醫生嘛講過，彼毋是問題，準做袂當自然受胎，以現代醫學發展的程度，做人工受胎抑是試管嬰兒，只要有心，八九成絕對無問題。

一開始欽仔猶願意聽阿麗的，哪知試過幾擺人工授精失敗了後，伊就開始反對看醫生，講啥「查埔人去病院取精，若像虱目魚予人掠去擠潲，根本是見笑代。」然後又牽拖，講老爸破病、講阿文猶細漢、講放塭仔穡頭無閒無工……，總講一句，對生囝無要無緊。阿麗當然緊張，有年歲的查某人，哪知啥時辰轉更年期？彼喝袂生就真正袂生呢！

這擺拄好出意外、阿文轉來，阿麗就心肝掠橫，對欽仔直透放刁——無囝無兒敢會使？家己厝外的小車禍就予你悽慘落魄，敢猶有才調做塭？雖然阿文轉來應急，但彼敢會永久？以前，厝邊頭尾相爭坉土賣塭仔，你罵人是敗家，另日仔咱無後生承續、無人做塭仔，猶毋是仝款著賣！你若會曉想，咱就應該利用這陣，有阿文鬥相共，趕緊共醫生參詳，閣認真拚看覓，若是厚譴損，歹勢去醫生館取精，醫生講佇家己厝內亦可以啊。

欽仔講袂贏阿麗，姑不而將頕頭聽阿麗的。但是，這次換醫生起躊躇——雖然阿麗的體質袂歹，但究竟也超過四十，再講欽仔的精蟲是大問題，現此時，除非做試管嬰兒，甚至猶得向精子銀行借精，若無恐驚是開錢做白工。

借精做胎，免講嘛知欽仔袂答應，總是阿麗真巧，會曉用這項來嚇驚欽仔。三不五時，伊就起雜唸：開錢是其次，欽仔若毋願多試幾擺家己採精，凡勢另日若想袂開，伊真正會拜託醫生去申請彼款精子銀行的精蟲來做喔。

想袂到，這回特別順利，才取精兩次，阿麗就成功受胎矣。

「實在不可思議！」醫生講：「照理講，以欽仔的條件完全無適合人工授精，哪知這回品質、精數都袂輸少年郎，雖然有醫學報告說，工作壓力少、充足休息對男性生殖有幫助，但是進步遮爾濟就厲害矣。照這情況，以後就算正常行房欲受孕嘛沒問題喔。」

阿麗心內暗歡喜，就是嘛，欽仔個性透直毋捌去外面濫摻來，哪有可能袂生？這暫仔受傷，食好做輕可，精蟲活力當然會變好，哪有啥奇怪？

較可惜的是，欽仔學做塭仔時，阿爸已經六十外。這馬，等伊腹肚內的囡仔出世、會教得伊學做塭仔，欽仔也是彼款年歲，仝款是爸老囝幼。

欽仔詼伊想傷濟：「莫講毋知以後囡仔肯學做塭仔否，這時腹肚嘛才個餘月，敢有在穩會生查埔的？」阿麗那笑那反白睚——欽仔外行，毋知查某人生囝就若像佇通塭仔溝，彼溝路若通，流水就漕漕叫，擋嘛擋袂牢。現此時情勢抵好，頭胎是查埔抑是查某攏無要緊，以後相連紲生，做塭仔的、做立法委員的、做總統的攏有！醫生有講過，以後莫講袂生，三五个生甲叫毋敢攏有呢。

少年時，欽仔想著學做塭仔也是驚甲叫毋敢。

做塭仔正經是賣命的穡頭，自整地、曬塭仔、灌塭仔、犂塭仔墘、擔水肥、掖魚料……，步步攏得靠雙手。欽仔細漢時無愛讀冊，阿爸講放塭仔的，好歹三頓有魚食，欽仔應喙講，愛食魚就去海裡掠啊——海底的魚仔大隻閣掠袂完，而且輕鬆省事。實際上，欽仔正經賭氣走過兩年遠洋漁船。

接阿爸的手做塭仔是不得已。彼年阿母往生、阿文寄乎乳母育，伊猶想欲轉去船公司。行到厝門口，阿爸掠伊金金看，然後吐大氣講起：「拚二十餘年，終其尾猶是妻離子散啊。」欽仔聽甲拚清汗，跤步煞迒袂過戶碇。

佳哉，彼時做塭仔已經毋免牽牛車舀肥，放塭仔的攏用飼料廠的魚料。

虱目魚規身軀攏是寶。魚頭吮到魚尾、魚皮哺到魚骨、魚肚食到魚腸，全無拍損，獨獨毋捌聽過有賣虱目魚卵的，彼是因為虱目魚飼至會抱卵，至少得五年、九斤重。塭仔人買魚栽放塭，大約四個月、斤餘重就交魚販仔，市面當然買無虱目魚卵，甚至嘛無地看——欲看魚卵得去專門發魚栽的所在。

發栽仔有專門的魚塭，粗勇的公母種魚佇苗仔池追尾滾絞，然後公的取精、母的放卵，佇魚池內授精。種魚每次放卵數百萬，所以，仝水期的魚栽，認真講嘛攏是兄弟手足。所以，彼時，只要塭仔池落新栽仔，欽仔內心就感覺悲哀，虱目魚好歹嘛住仝窟塭仔，家己的親小弟卻是拜託人育、住別人兜。

欽仔初初做塭彼時，壓力非常大。魚塭是塭仔人的身家財產，偏偏塭仔魚吃氣候，尤其是虱目魚，驚熱亦驚寒，若無細膩，天氣反常規窟魚就攏反肚，彼是欲哭無目屎。所以，厚緊張的欽仔三不五時就守佇塭墘的探更寮仔，規暝毋敢瞌目睭。

「有一擺我誠正驚到泄尿！」欽仔講過獨身時，顧塭仔的笑詼予阿麗聽：「半暝起床放尿，含眠含覺，照以往的習慣，順勢就探頭看魚塭仔。欲命啊，規个塭仔窟冷冷清清，無水車聲，也無泅魚聲，看詳細，塭仔內的水位猶是正常的！我的尻脊起交懍恂，孤一人跪佇塭仔墘，叫天天袂應，叫地地無聲……。」

敢是做眠夢？阿麗聽甲起緊張。

「毋是啦，是魚販仔才來收過魚，塭仔水猶袂放，我恍神煞袂記得。」

後來呢？阿麗那搭心頭那問。

「想起了後，家己嘛感覺好笑。毋過，轉眠床頂猶是翻來覆去睏袂落。足希望有淡薄仔聲音，水車拍水、馬達抽水，抑是魚仔曳尾彼款聲音攏好……，後來猶是家己揑拳頭母損眠床板，叩咚叩咚，才心安睏落眠。」

「唉，遮可憐，」阿麗將欽仔攬牢牢，輕聲安慰：「免驚，我以後生規厝間的囡仔陪你顧塭仔。」

阿麗身體粗勇當然有生規厝間的本事，嫁予欽仔之後，照顧阿爸、整理厝內、有閒猶得幫忙撒料飼魚，毋捌喊艱苦。所以，阿麗想欲生，伊嘛願意配合，橫直人工採精彼款代誌也無啥麻煩。哪知阿麗愈做愈興，愈舞弄愈大層，自人工授精，想到借精受胎。

醫生講，彼基金會寄附的精蟲健康安全，成功率六成以上，而且有保密的條款，阿麗耳孔輕，聽甲耳仔覆覆。問題是：彼借精生囝，根本就是虱目魚卵透濫五四三的魚湧發栽仔、用家己的魚塭仔去顧外人的魚栽！彼對阿爸敢會交代得？

阿麗粗枝大葉，無啥心機，但若兀挈使性地，欽仔嘛袂堪得。好佳哉，這時總算著胎，總算有交代。看阿麗不時挲著猶平坦坦的腹肚，喙笑目笑，比虱目魚大收兼好價閣較歡喜，欽仔欲笑無路來，欲哭無目屎，查某人就是淺想啊！

美珍也時常雜唸阿文淺想。

一陣纏綿相好之後，阿文自激烈暢爽的情緒慢慢仔轉變成厭懶無力，美珍起身、伸手剝落伊下面的保險套，親像猶袂夠氣，閣佇彼下身那挲那摸。

過去美珍若像這樣嬉弄，三二下阿文就閣起磅，攄倒美珍連紲來攏無問題，但是，這暫仔阿文時常那辦事、那想東想西，磕袂著消風，美珍的手頭功夫閣較好嘛無效。

「是保險套的關係？」美珍提起套仔問。阿文有講過，毋愛用套仔，因為彼種『隔靴搔癢』的感覺差誠濟。毋過彼嘛是無法度的，前回，明明算好是安全期，哪知越驚越死，偏偏就中獎。彼時若順勢結婚，其實嘛沒問題，但是美珍堅持毋欲。「就算欲結婚，嘛無想遮早生囝。再講，現此時無錢、無事業，是欲怎樣結婚生囝？」阿文無辦法，只好𤆬美珍去診所，揣醫師吞藥丸。

阿文想著心虛，只好胡亂揣話題，順喙尾問起：是按怎佇阮厝耍的時陣，你矜甲若淑女，喘氣也無聲無說。但是佇恁兜，情形就完全無仝款，淑女變貓仔，越高踮低、大咻小哼，啥物攏毋驚？

「你莫假仙！」美珍倚著伊的耳孔邊，那舐那歕風，細聲講：「阮兜的房間隔音遮爾好，咻破嚨喉孔嘛毋免驚有人聽著，無像恁彼款老厝，四界攏是水車拍水聲、飼料機馬達聲，無時定著，猶有古厝的臭殕味、魚塭仔的魚魚臊味，彼心情會好才奇怪咧！」

阿文心頭一悶，煞毋知欲怎樣應聲。

「講正經的，有佮大哥討論過無？」美珍停手，擛頭掠阿文金金看：「吔，看恁戇戇仔做塭仔，愈做煞愈有趣味，彼毋是正經頭路呢，看你這暫仔飼魚飼甲遐認真！」

阿文無應話。

美珍翻身坐起。

「之前就講過，咱庄的行情越來越好，北部的建設公司嘛來搶土地，規庄頭的魚塭，隨坉即隨有人來出價。未來咱庄頭有市區的外環道路位置超讚，難怪無論是連棟的高級透天厝、大坪數的獨棟豪宅，抑是綜合的大樓建案，攏當作是一級戰區。恁厝彼口塭仔總算出頭天矣，規甲無分割的大魚塭仔，四正好規劃，規劃做會館式的大樓上理想，想嘛知，彼財團一定攏看甲流喙瀾，聽有我的意思乎？」

阿文無意見，美珍煞愈講愈歡喜。

「聽我的就對，最近會使準備坉壚仔，先做廢土場，坉壚兼收糞埽處理費——論車斗收現金，清采攏較好佇放壚，等三二冬過，調懸價等建設公司來拜託。到時，你啦、大哥大嫂啦，享受過日放清閒，三代人嘛食袂空。」

阿文由在美珍佇身邊雜雜唸，伊知影這陣若應聲可能家己嘛會無啥好聲嗽。美珍是奶母的查某囝，算是囡仔伴，讀冊的時陣，美珍佮阿文袂比得，這暫仔，顛倒是美珍項項攏𠢕跤。

阿文讀的是文科，大學畢業就佇出版社上班，北部消費懸，薪水只是勉強應付生活開銷。美珍高職畢業了後，吃保險公司的頭路，有閒就去補習班學金融、財經和不動產管理，這馬無論什麼保險代理人、理財經理佮不動產經紀人種種合格證書濟甲會使當做客廳裝潢，聽講無偌久就欲升做公司的業務主任。

「我輸佇無像恁有做塭仔的阿爸，大片塭仔做手尾，閒閒無代誌等咧變田僑仔。毋過，會曉拍算才是機會，恁若淺想，高麗蔘當作番薯箍，咬死佇規世人放塭仔飼魚，彼我就誠實予恁拍敗啊。」

「欸，這物件還你，」美珍將保險套的喙口拍結，佇阿文的目前幌來幌去，然後，抌向伊的胸前：「這物件足恐怖，頂回吞藥丸了後，腹部絞滾、眩瞶、發燒幾若工，險險予你害死呢！」

阿文拈起保險套，看著薄膜內黏稠，混著白殕、淺黃的精液，突然感覺好奇——欽仔講過虱目魚發栽仔的代誌，親像猶無講過虱目魚的精󠄀是啥款？無定著另日閣問欽仔看覓。

隨即又想起，欽仔的塭仔、美珍想的魚塭，其實是完全無仝的物件。

就親像手上的精液，裝佇保險套內猶是予人感覺淫穢見笑，但是貯入採精罐，感覺就是神聖嚴肅。當然，這攏袂使講，無論是美珍說的賣魚塭、抑是欽仔交代採精的代誌。

接近中晝，拜過阿爸了後，突然反天起烏陰。

美珍敲電話來揣阿麗會失禮，講起公司臨時有代誌，離袂開跤，而且開始變天，恐驚落雨嘛無方便過來食飯。彼聲音雖然仝款輕柔司奶，猶是聽得出有略微仔奇怪，越頭看阿文，親像嘛無啥神彩，阿麗隨就想著，彼二个毋知為啥佇鬥氣。總是，冤家、冤家，少年人哪無冤，按怎會成家？外人莫講破應該就冤袂久。

當然，這中晝頓就無像設想的遐爾心適。

食過中晝，天色闇較陰沉，猶微微仔噴雨鬚。阿麗佇廚房、客廳出出入入收碗筷，想起厝埕的衫褲。攑頭看阿文和欽仔抵好欲行出門，趕緊吩咐阿文：注意雨勢，若轉大陣就鬥相共收衫褲。欽仔聽著，無講無呾，齒戳咬咧，那瘸那行直接往門口埕去，將規座晾衫仔架攄入客廳內。

阿文徛佇砛簷跤看向遠處，雨鬚澹潤過，埕外草坪的葉尖凝聚透亮的水珠，閣較頭前彼直透的塭仔墘尤其青翠，塭仔浮現的水霧予彼顯目的翠綠染成迷人的粉綠，遠方天頂的烏雲重重疊疊，但彼陰沉的氣氛完全無影響著魚塭仔的平靜——烏陰迷濛的背景下，彼魚塭仔看起來更加開闊。

「咧想啥？」欽仔搭阿文的肩頭問起。

阿文轉身看欽仔，先是搖頭，後來又想起美珍講過的臭殕、魚腥味，順喙就問起：敢鼻過厝內啥有怪味？

欽仔呸掉喙內的齒戳，吸一下大氣，頓蹬目矚仔才講無啥感覺，「抑是，另日叫恁嫂仔用白茅仔，閣甲厝內外熏兩擺。」

大概是落雨，又是歇晝的時間，附近坉土的工地難得恬寂寂。

「環保局來通知，」欽仔倚近壢仔溝，手指溝墘的外圍：「遮範圍早慢攏得開錢圍起來。」

「講是公共安全問題，前前後後攏有坉土、有起厝的，早慢會鬧糾紛。講彼痟話，咱做咱的壢仔，有啥安全問題？欲死牽拖鬼，驚危險按怎毋是去要求建設公司增建圍牆？而且，哪有遮抵好，前日牽猴仔才來探聽有欲賣壢仔無，環保局就綴來找麻煩，想嘛知是串通好的！」。

阿文行往壢溝墘，踢溝邊的草埔仔。

「行情若袂歹，賣掉嘛會使。閣來嫂仔生囝、顧囝，恁嘛會足無閒。」

「講啥痟話？阿爸的壢仔哪會當賣？」欽仔搖頭：「彼手尾壢仔呢，若佇我的手頭賣掉，以後攑香拜阿爸，我攏不知欲按怎解說！」

「若無，我的份額先賣掉……」阿文頭犁犁細聲講。

「啥？」欽仔先喝聲，然後又放低聲嗽：「啥是你的、我的？終其尾攏嘛恁囝的！」

阿文起先猶聽無意思，想著了後，尻脊一陣滾顫，拄旋身欲開喙，後跤坦攲煞趨向壋仔溝。「哇！」欽仔反應誠緊，伸手摸伊的前胸，毋過伊的跤完全袂支力，毋但抓未牢阿文，家己嘛綴著栽落溝底。

壋仔溝只有半腰深，阿文倚靠溝坪勻勻仔起身，伸手欲扶插欽仔，無張持胸前一條滑溜的水影，「蛇，是水蛇！」伊著青驚，大聲喝咻。也差不多彼時陣，欽仔出手按伊的胸前摲起，亦大聲喊咻：「鰻，是鱸鰻！」

阿麗佇厝內聽著兩兄弟仔的喝咻，三步並做兩步從來——只看著欽仔手掠野生的大鱸鰻，笑甲喙仔裂獅獅，阿文卻是面色青恂恂，摸著欽仔的衫尾毋敢放手，一時陣看無兩人到底是佇扮佗一齣？才想開喙，欲甲浸佇溝底耍水的兄弟仔罵上岸，下腹仔突然一陣滾輪顫，彼感覺那有那無、又撓又癢，擋袂牢，煞嘛綴著笑出聲。

阿江一時會意不過來，回頭呆愣，等阿菊又慌亂地從廟門探出頭喊著，這才聽清楚，喊的是：「王爺公的金牌不見了！」

溪口王爺的金牌

二〇二四　刊載於自由時報副刊

天矇矇亮，阿江騎著機車搖搖晃晃從構樹壓頂的堤岸路轉進溪口宮廟埕時，忍不住抱怨，就差沒工具，要不然早把這沿岸茂密交錯的構樹群修剪妥當，那瘋長的樹枝打在安全帽上，搞得他耳底嗡嗡嗚響。

他讓機車熄火滑行，繞往廟後金爐的小空地，那金爐粉漆斑駁，水泥座裂痕日漸明顯，阿江忍不住嘀咕起金爐破舊。他今年七十二，前幾年的健康檢查，血壓、血糖、血脂肪開始冒紅字，一趟機車五、六公里路就能搞得他腰椎痠麻、筋骨散架，何況這百年的老廟，也該修補翻新了。

這時，阿菊已經守在廟口石階等待阿江拿鑰匙開廟門，阿江拔下機車的鑰匙串遞給阿菊，然後逕往廟前走去，面向馬使、中營那叢翠綠高挺的牧草，挪開馬步，輕緩轉腰伸展。

瘸腿阿菊每天趕早來擦洗拖地，阿江進廟裡也不至於妨礙清掃，雖然——阿菊都五十好幾了，要惹出什麼曖昧也不可能，但畢竟是孤男寡女，同處隱密的廟內終究不妥。總之，這個時間阿菊會開廟門、入廟打掃，阿江自己在廟外自在些，他也是認真看過 Youtube 太極拳教學的，不管像不像至少也有兩分樣，重點還是活動手腳，畢竟他都這把年紀了。

這天他記得很清楚，阿菊接過鑰匙，扶著廟前的石鼓，瘸過兩段石階，靠著正門細密繪製的門神，摸索出開廟的鎖頭，然後入廟，一如往常提著水桶，幾次進出。

聽到阿菊在大殿高喊出聲時，阿江的二十四式太極都還沒打完。阿菊做事伶俐，整理廟殿更是熟手，來來去去最多打個招呼，這般高聲喊叫是前所未有，阿江一時會意不過來，回頭呆愣，等阿菊又慌亂地從廟門探出頭喊著，這才聽清楚，喊的是：「王爺公的金牌不見了！」

關於溪口王爺金牌的失竊案，我盡可能詳細登載的筆錄也就是這樣了。

這一年，我從警專畢業分發到鄰近出海口的小鄉鎮。學長說，這庄頭沿著蜿蜒的堤岸小路到海口將近四公里，放眼望去，除了魚塭還是魚塭，偏鄉地區沒有什麼麻煩事，平日的工作就是騎機車沿著塭堘產業道路露臉幾回，假日則較忙一些，得開巡邏車加開警笛，恫嚇那些市區來的，玩得太過火的飆車仔，日子大致輕鬆順心。偏鄉地區就適合養老，當然，學長也說我年輕有為來這種地方算是委屈，不過在這邊會缺的只是記功敘獎，該磨練的行政基本功都還是學得到的，以時間換取空間，累積足夠年資後，未來請調高升，仍大有可為。

宮廟的金牌失竊是個小案子。

溪口王爺宮位於河堤和魚塭之間，是間十坪不到的小廟，名不見經傳，連Google map都會直接忽略，樸素的宮廟裡外乾淨，可見平日裡管理不差，但要說香火鼎盛那就遠遠不及庄頭的主廟——李府千歲府，那張揚昂翹的飛簷、精製的剪黏燒陶、豪華氣派的寬三間。

早年海口常有無名水流屍，附近塭主時常善心收葬，後來在溪邊撿到無名的王爺神像，於是就近搭建草寮奉祀，因為護佑魚塭威靈顯赫，數年間各家塭主集資建廟，就有如今的廟體。這般建廟傳說並不少聞，民間信仰總會想方設法灌水建廟歷史，因為眼下所見的就只是普通的小宮廟，鄰近的塭主偶而入廟上香，熱心的村民逢初一、十五會來敬獻鮮花水果，偏荒小廟也用不著什麼管理委員，只有一位像似志工的廟公，和塭主贊助請來打掃的清潔工。

報案的就是清潔工阿菊。

阿菊有殘障手冊，是鄉公所的約聘工友，每天上班前趕早來王爺宮幫忙，主要是整理神明桌案、拖洗地板。然而這鐘點費並不好賺，近年來阿江變得健忘、癡呆，宮廟事務像節日敬花果、添購金紙沉香什麼的，她也得闔照提醒，其他宮廟裡外看頭顧尾的就更不用說。這也就解釋得通，大清早開廟門，阿菊就能發現、驚呼王爺的神明牌不見了——那純金的雙龍浮雕金牌。

問題是，宮廟遭了小偷，王爺是被害人，事主卻還得是廟主或廟宮，再怎麼說，提報財物損失還得當事人出面，一位鐘點清潔工在沒有取得合法委託書的情況下，提報失竊完全不合程序。

阿菊急哭了臉。她說她懂，在公所上班，哪能不懂規矩。偏偏阿江就沒報警的打算啊，這件事又怎能不報警？王爺裡裡外外哪有什麼像樣的東西？好不容易有塊金牌掛在胸前妝點威嚴，金牌被偷，王爺公的顏面要擺在那裡？

更重要的是——我聽得出來，這才是阿菊真心想的。

偏僻的溪口宮，固定進出的就只有阿菊和阿江。照理說，王爺遭小偷，阿江應該比誰都緊張，怎麼也不能這麼好整以暇，怕就怕真癡呆了，變得麻木無感，如此這般責任就全在阿菊身上了。難怪阿菊會一把眼淚一把鼻涕的報案，要知道，如果阿江直說是他故意藏走金牌那倒沒事，如今搞成這麼曖昧不明的，外人看在眼裡又會怎麼想……。

廟公沒有理由偷金牌，倒是阿菊這個外人，天天來宮廟走動，看著厚重的金牌難保不起賊心，於是，故事就會被說成阿菊偷了金牌，還欺負阿江老人癡呆無知，或是阿江看在眼裡卻心地寬厚，不願報警，想著大事小事一概當沒事。

阿菊死活不能背這黑鍋，雖然瘸腿領身障證明，但從小到大，道德良心也從沒虧欠過誰，風言風語的以後還怎麼去公所上班？

學長說這只能文書登載，備案處理。除了非當事關係人，報失竊案依法無據外，擔心未來個人名譽受損，也超乎當前法律所能處理的。所以，給個簡單備案的文書，讓她簽名，聊勝於無。警察服務民眾侷限在所難免，安撫心安也就夠了。

這就結案了嗎？我問。

學長笑說，偷竊案件其實不麻煩，知道目前失竊破案率多高嗎？八成五到九成！那是因為市區三五步路就有監控攝影，立即能掌握竊賊行徑，比照做案習慣鎖定嫌犯簡直手到擒來。但在偏鄉地區可沒這麼容易，以這案子來說，宮廟、河堤和塭墘產業道路，都沒有監控，竊賊的蛛絲馬跡付諸闕如。事主真的要報案的話，夠我們傷腦筋的。還好王爺保佑，當事人不報案，丟失的也只是小宮廟的神明金牌，財損微薄，絕非重大案件，肯定上不了新聞媒體。

我想著涕泗縱橫的阿菊，總覺得這麼敷衍不妥。

學長拍我肩膀說，年輕人有點企圖心還是好的，反正除了例行巡邏也沒什麼事，要是怕閒著，想隨意查訪學經驗也是可以的。

我說，沒有查察的方向。學長笑說，密室失竊的偵查哪需要什麼方向？用膝蓋想也知道，十有八九是監守自盜，阿菊的嫌疑不大，找廟公還比較可能問出眉目。

「不過，畢竟是神明的事，也沒正式報案，凡事點到為止，知之為知之，不知為不知，別涉入太深給自己惹麻煩。」學長掉起書袋建議。

午間巡邏時，我繞往溪口宮。

阿江微瞇眼，斜躺在廟外的高腳藤椅。我先進廟給王爺公上香，神像披身的龍袍刺繡被燃香久燻變得灰黑，倒是頸下胸前有突兀的灰白區塊，猜想應該就是原先金牌的所在。

走出廟外，阿江盯著我，說沒看過我。

我笑說剛到職不久。然後指著廟裡王爺問起：「那金牌不小，損失慘重喔。」

阿江聽若不聞，先是豎起大拇指說，近海的鄉鎮單純有人情味，海口看蚵棚看夕陽，溪口賞鳥釣魚，年輕人分發來這兒，運氣不錯喔。

「釣過魚沒有？」他自顧自地聊起來。

「溪口是好釣場，越過堤岸的這段更是沒話講，秋冬的沙梭、虱目魚，入春之後的三牙、海鱸，都循著半鹹淡的流水，自出海口洄流入溪，那虱目魚、鱸魚三五斤重，拉得人膽戰心驚，再就那三指寬的沙梭，酥炸後肉質彈牙，更別說三牙的肥嫩，熱鍋油煎入鍋，腹內油脂混入厚實的背脊，逼出特有的鮮甜，吃過之後就再也信不過其他什麼好魚了。」

我覺得阿江說的是沙灘海口。溪岸這頭偶而會有釣客提冰桶、背釣具，下堤岸到溪邊釣魚，只不過溪岸野草蔓生，平坦處卻又卵石交錯，沒個腳路，稱不上好釣點。倒是兩三公里外的出海口，面海寬闊一望無際，黃昏後在沙灘插竿灘釣的不少，附近又有水閘門，汽機車都可達，假日也常有外地人帶小孩來投網抓螃蟹。

我說，不釣魚。執勤時偷閒釣魚，被投訴就吃不完兜著走，而下班休假，誰又會無聊地守在這大片單調乏味的海口釣魚？

可惜啊，阿江搖頭，然後聊到年輕時釣魚的往事。

廿歲等服兵役那年阿江迷上釣魚。

剛開始是同學阿國拉他作伴，後來是阿國的朋友林仔也加入，就此同梯的三人變成死黨。林仔家裡開公司，是出手闊綽的富二代，他學會釣魚後簡直瘋狂，每次出釣不只負責開車接送，還包辦餐點飲料，來興時釣桿、海蟲、活蝦一應備妥，直接到死黨家抓人，拜託作伴陪釣。

就那陣子，他們找到出海口沿線的釣場，位置雖是偏僻了些，但是釣況極佳，特別是溪口宮附近，越過堤岸的河段，正是海水漲退，與淡水交會處，各款魚種都有，而且索餌乾脆，釣起的個頭都比其他區域的大上一碼，完全是癡迷釣魚的洞天福地，在這隱密的河段，他們總能釣得盡興、釣爆冰桶。

如果不是惹出後來那事，他們不可能輕易放棄這釣點，喔，不只釣點，連結伴釣魚那回事他們也捨棄了。阿江嘆氣說。

那天，午後的日影被遮掩在積累的雲層裡，微風輕柔拂過水面，水波粼粼晃動，無可挑剔的好天氣。我們架好釣竿，輕鬆地等待著。不知名的水鳥成群飛掠，倒影繽紛熱鬧，遠方有海鰱騰空翻躍，近岸也有小臂粗的虱目魚悠哉游過，可我們的釣竿卻出奇地安靜。

我們啃完麵包，也喝了兩罐啤酒，打底的誘餌三兩下便甩光，海蟲不行就換活蝦，沉底的不行就換浮標，二號鈎不行就換六號鈎，可是折騰半天，溪裡的魚就像串通好的，巧妙地避開我們的魚餌、釣鈎，別說上鈎，竿尾、浮標全都紋風不動，毫無吃餌的跡象，尷尬得讓人頭疼。

時近黃昏，林仔開始煩悶焦躁起來，先是狂踢岸邊的牛筋草、扯馬鞍藤、撿石頭砸浮頭的石鱸。再後來，不發一語地把整包海蟲扔進水裡，隨即粗暴的收拾釣具、裝袋，往堤岸走人。

我和阿國訕訕相望，林仔家裡有錢，當然不會在乎釣起多少魚，之前幾次魚獲豐碩，他都推給我和阿國帶走，他喜歡的是誘魚咬餌，與潛藏水底的魚拉扯的那種感覺。不難想像他半天張羅吃喝、釣具釣餌，又開個把小時的車程，癡癡守候的結果卻徹底被魚給耍了，心情當然好不了。

我和阿國收拾冰桶隨後跟上，攀爬越過堤岸時，他已經坐在溪口宮的台階，看著廟旁的魚塭出神。阿國拿出冰桶僅剩的啤酒遞給他，順手揀出凍死的白蝦，扔向魚塭。

「啪！啪！」水面幾聲連響，不得了，那塭裡的鱸魚炸翻地推擠爭搶，林仔眼睛炯炯放閃，二話不說迅速從背袋抽出手竿，綁釣組、鈎白蝦。果然，才拋竿落池，釣線急速扯直，林仔緊抓釣竿，又驚又喜，喊著阿國要手綑，阿國也是手忙腳亂，喊我準備冰桶。

大鱸魚接連被林仔拉上來，三兩下大冰桶就塞爆了，整個下午的陰霾一掃而空，因為太過興奮，我們都沒留意到從堤岸便道急速奔來的機車聲，等看到機車，坐後座打赤膊的中年男子已經跳下車，怒氣張揚地衝到我們面前。

「幹！」他怒聲幹譙，伸手揪住林仔的胸口，我們還一頭霧水，他看著滿冰桶的鱸魚，氣急敗壞地嚷著同伴扣住冰桶，「叫警察。幹！偷釣，恁爸即不信抓不到你！」我們連忙解釋，純粹是釣好玩的，也從沒偷釣過，林仔更是低聲下氣地道歉，願意出錢賠償。中年男子完全聽不下去，他黝黑的胸肌壓在我們面前，揮著粗壯的臂膀招呼同伴，堅持報警處理。

我心驚膽顫，腦袋一片空白。

他的同伴靠前安撫，說的大概就是，年輕人不知輕重也欠教訓，但是進警局會有案底，以後就害了前途之類的。原來兇悍粗暴的是墠主，幫忙勸說的是廟公。墠主放開林仔，滿嘴髒話又罵了半天，最後喝聲叫我們去廟前跪下。

我和阿國都聽話跪了，林仔卻硬挺著不從，阿國怕又惹墠主的火氣上來，一番拉扯拜託後，林仔才紅著眼眶跟著下跪。廟公進廟點香、插香爐，要我們看著王爺公懺悔，然後勸著怒氣未消的墠主說：「夠了啦，就跪一炷香，讓王爺公親自來教訓！」

那天回程，林仔開車一路狂飆，我們三人都沒說話，其實也不知道能說什麼。直到下車，阿國才拍著林仔的肩頭，憤恨地說：「等著看，做兄弟的不會讓你硬吞這口氣！。」

「做兄弟的不會讓你硬吞這口氣！」我很羨慕阿國講得出這麼有情有

義的話。直到他找我說起計畫，我才驚覺他說的完全不是顯擺場面話。

那是兩星期後的事，阿國語氣堅定而挑釁地問我：「有沒有懶鳥？」我當然點頭。然後他指派我負責取貨。至於取什麼貨？阿國沒多解釋，只吩咐我時間、地點，跟和賣家碰面時安靜給錢取貨就好，別多嘴。錢雖然是阿國給的，但金額不少，當時他和我手頭都不闊綽，有可能林仔才是金主。

「這玩意得特別小心。」給貨的陌生人有些年紀，他將鈔票塞進口袋時，略顯緊張地提醒：「別看它像粗鹽，這高純氰化鈉，隨便一湯匙就能毒死上百人，買這麼多可別惹出大麻煩。」

之後，我們重回魚塭，執行阿國精心籌畫的復仇計畫。

那晚九點多，我們將車停得老遠，就著黯淡的星月光，躡手躡腳走過數百公尺的堤岸路，然後閃躲在廟邊，其實我們這般的小心翼翼有些多餘，溪口宮的廟門深鎖，四周漆黑，魚塭水面有月影映照，卻只讓陰暗變得深邃，更遠處有人家的光影微顫，但大概也在五百公尺外了。

我身上背著阿國交代，預先分裝成三包，再用舊報紙加綁橡皮筋的那玩意。阿國搶先拿了一包，擺出投球動作，狠狠地甩出，「幹，搞他的斷子絕孫！」他低聲譙罵。

紙包落水，聲音悶悶地，沒有想像的大聲響。我也隨手扔出一包。按照阿國的設計，三人都會動手，林仔此時卻猶豫了，他呆站魚塭旁。阿國對我眨眼，我點頭會意，衝前搶過林仔手上那包，側身、轉腰、投出，又高又遠。

我搖頭，年輕人真是亂來。偷釣還是小事，但在魚塭下毒已經是蓄意謀殺了，毀了魚塭賠不完，萬一鬧出人命，那傾家蕩產也解決不了。

「而且，」我說：「太傻了，毒魚的藥物從採購、分裝、投塭都是你經手，就不怕出了事要負擔大部分的刑責嗎？」

「完全不怕。」阿江笑咧了嘴：「那玩意，早被我掉包換成粗鹽了！」

我很意外，原來他心機也重。

「哪是什麼心機？當時也沒想過什麼法律刑責，」阿江看著廟外的魚塭，輕鬆地說：「只想到塭池裡，鱸魚、吳郭魚不論大小無一倖存，全數翻白肚死絕那情景，太可怕了，我不忍心。」

我找到廟主，是溪口宮附近的年老塭主。

「我只是地主，算不上什麼廟主。」老塭主謹慎地說：「放塭養魚我行，神明事我不懂，阿江才是主事，真惹出麻煩找我也沒用。」

我說，沒什麼麻煩，只是想問廟裡金牌被偷的事。

塭主點頭，然後開始嘀咕，都是自己多事，原本宮廟裡外都是阿江一手包辦，後來自己怕他身體不堪負荷，才開始每個月給幾千元讓阿菊去幫忙，沒想到就出事了。

我說是阿菊好心報的案，然後刺探地問起，有沒有可能是阿江「拿」走的？我措辭盡量婉轉。

「你的意思是，阿江偷走金牌？」塭主睜眼盯著我看：「神經，怎會懷疑到阿江？真是神經了！要說是阿菊偷的，我還半信半疑——喔，這可不能當做紀錄，我也從沒懷疑阿菊的手腳不乾淨。」

「你不懂，以阿江的財力絕不可能動金牌的腦筋。他開油漆行，好歹也是做頭家的，不說別的，接下廟公這幾年，宮廟油漆粉刷經費他全數負擔，也夠買三五面金牌了。塭墘小廟不如庄頭廟也沒什麼香油收入，這七八年來，他願意這樣出錢出力撐起廟來已經足感心了。」

「阿江開油漆行，又怎會來做廟公？」我問。

「是前任廟公帶他來和本地各家墘主相識，說是王爺公指定的後繼人選。就說神明事我不懂，不過誰接廟公我們都沒意見，無利可圖的瞎忙活嘛，之前大夥還擔心老廟公卸任後，找不到人顧廟，這溪口宮也是麻煩哪。」

「王爺公的金牌，是前任廟公留下的嗎？」我再問。

「這我不敢說，」墘主笑了：「溪口宮拜的是水流王爺，據父祖輩說，當年蓋廟是有心無力，所以捐地修廟都只能從簡，後來庄頭李府千歲蓋大廟，王爺公的宮廟就只能修修補補，維持這樣了。至於，是幾時開始配掛金牌、金牌又是哪裡來的？沒人知道。也沒聽過誰給王爺奉獻過金牌，畢竟那可不是小錢啊。」

就沒人追問過？我懷疑。

「你有查案壓力是嗎？這麼認真。其實，」他低聲說：「不用查，偷偷跟你說，別傳出去，王爺公的金牌是K金高仿，大概是從前的廟公買來充場面，假的，不值錢哪。知道的人都心照不宣，偏偏那阿菊狀況外，大驚小怪，這回鬧開就怕搞得阿江裡外不是人了。」

「果然是自家搞的。而且，」我向學長回報查訪結果，還不無得意地爆料：「還是不值錢的假金牌。」

學長先是讚賞有加，也就幾天的工夫，能搞清楚假的金牌，很不容易哪。「可這算不上竊案偵查，」學長話鋒一轉：「沒嫌疑人、也沒丟失的贓物，即使搞懂丟失的是黃金、是銅片，或是電鍍的塑膠片，也都只是耍玩小道八卦啊。」

我便再去找阿江，這回直言王爺配戴假金牌的事。

我說自己已經問過老塭主，確認王爺的K金鍊牌。阿江笑得開心，不置可否的態度，讓我更有自信了。

「雖說金牌不值錢，但惹出誤會畢竟不好，阿菊是局外人，卻被搞得神經質了。要我說呢，直接找阿菊說明白，或者再把金牌掛上去，就算了事。」我中肯地建議，其實私心也想看看那塊假金牌。

阿江笑著搖頭。稍猶豫後，又聊起他的故事，這回還真說起金牌了。

阿江說軍中退伍前，他曾被逼著簽下本票。當時他待的後勤部隊日子清閒，弟兄們先是玩撲克牌打發時間，後來就賭上了真金白銀，期間自然是有輸有贏，只是贏了吃喝玩樂不心疼，輸了就記帳寫借條。輔導長知道後，擔心那些複雜的債務會惹出糾紛，居中調解後認列的債務三萬餘，附帶條件，欠款未還就不給退伍令。

為了回家籌錢，隊長給我三天特別假。以現今來說，幾萬元根本算不上債務，可在當時，我家境不充裕，也不敢向家人開口，那鉅額的賭債幾乎把我逼上死路，不誇張，我還真想過一死了之。

我騎著機車長途狂飆，到了出海口、到了溪口我熟悉的堤岸外，沒心情釣魚，只呆坐在河堤，看著漲潮，溪水逆流淹沒鵝卵石溪床，又看著退潮，南流漕漕滾滾入海。只要朝前一跳，什麼事都解決了，我心底再三反覆著。

堤岸外的溪口宮傳出機車聲，庭前的廟公吃力地踩踏那部老機車，艱苦發動後，頭也不回地向庄內騎去。我忽然想起，在廟前罰跪的那次，王爺公胸前那塊閃亮耀眼的金牌。

我走向廟前，廟門半掩，近前輕推，立時門戶大開。我看向四周，黃昏薄暮悄然無聲，進廟看去，果然，那厚重亮眼的金牌還端正地佩掛在王爺公的胸前。

我看著神案上的王爺公，主要還是看向金牌，耳根一陣灼熱，心頭砰砰直跳。

稍後，牙根一咬，我反手關上廟門，爬上神案，摸索著拆卸黃金鍊牌，王爺公的帽冠開展很礙手，一時間也無從拆解起，我急出一身汗。

忽然，廟外傳來機車聲。我發狠直接扯斷金鍊，跳下神案，掀開神明桌裙躲進桌底。來人沒有入廟，廟外傳來一陣細微的叩喀聲，然後是機車聲自近而遠，終究消失。

我躲在神桌底，抓著沉甸甸的金牌，看著壁面高處小窗的光影從灰暗轉為濃暗，確定再不可能有人進出才爬出桌底，我心裡爆出如雷的歡呼，再壓抑不下心頭的雀躍了。

我深呼吸調整心情，就著神桌兩旁小燭光的神明燈，摸索著走向廟門，才伸手摸門，就忍不住喊糟叫苦了——廟門外還有反鎖的鐵門，根本出不去。

我緊握著金牌，那扎實的黃金手感讓自己再次冷靜。我蹲坐在地板上，讓眼睛更適應周遭的微光，然後仔細查看四周，這簡陋的小廟堪稱家徒四壁，壁面的採光小窗狹窄，確定無法容身進出，幸運的是，右側屋角還有小後門，後門內扣鎖頭，鎖頭單薄，鏽蝕嚴重，估計找到鐵鎚敲兩下也就能擺平。

可是，眼下到哪去找鐵鎚？我苦惱著，然後瞥眼看到供桌上的古銅香爐，一陣欣喜，連忙放下金牌，踮起腳尖，伸手抱起香爐，突然——有人拍我後肩，無聲無息地，我的背脊猛地一陣透冷。

猛然回頭，一位老人悄無聲息地站我身後，我頭皮發麻，渾身冷顫。他不發一語，手指香爐輕輕搖頭，我趕緊收手放下香爐，然後他指向神案左下壁角的小龕，仔細看竟然是可鑽身的小洞。

我低聲喊失禮、失禮，蹲身就想往牆洞鑽。老人一把抓我右臂，我轉身低頭求饒，他卻面無喜怒、緩緩伸手指著神桌上的金牌，我像鬼迷了心竅，起身抓起金牌，逕直鑽小洞竄逃。

衝出廟外百餘公尺後，我稍定神，確定溪口宮依然一片漆黑，才忐忑地走回堤岸騎走機車。那晚，回家後我依然手腳冰冷、不時發顫打哆嗦，那如夢似幻的情境細思極恐，但緊握那面夠份量的金牌時卻又有說不出的喜悅，整夜就交錯在驚懼與狂喜，想哭又想笑。

我找當鋪估價，老闆說這金牌做工精緻，放當鋪可惜了，如果讓原來的銀樓收回，價值至少多出一成。當鋪不管做工，只能用最低價估值，畢竟金飾流當，依行規也是以鎔金價轉手的。

我再三拜託，不能轉賣，也絕不流當。老闆笑說：「像你這種客戶看多了，說是保證贖回，只想哄個好價錢而已。其實，黃金等同現金，不贖回我也不吃虧，有急需，價格可以提高些，但一年內不贖回，我就賣出，夠意思吧。」

四個月後我就贖回金牌了。

順利退伍後，我學做油漆。這行技術門檻不高，雖然攀高竄低搞得一身髒，但待遇不差，老師傅看我耐操好用，也願意給更多的工作量，加上平時省吃儉用，還真能存些錢。

我請銀樓幫忙清理金牌、修補扯斷的鍊子，又用精緻喜氣的紅綢袋裝好，然後忙不迭地送還溪口宮。

前廟公老郭仔，看我送來金牌也沒有特別驚訝。他解開小袋，拿出金牌，紅綢袋隨手扔一旁，就自顧自地給王爺公上香，然後要我幫手從神案請出王爺公，我問，王爺公佩掛金牌不需要看日子嗎？老郭看我一眼笑說，卸下時也沒看日子啊。我愣了會，稍後也笑了。

老郭妝整王爺公時，我忍不住看向供桌角落，但那裡哪來什麼鑽身的小洞？只有虎爺的神龕嵌入壁面。

妝整歸位後，老郭點三炷香給我，我接過笑說，不知道說什麼。他說跪下就知道該說什麼了。我屈膝跪下，忽然感覺喉頭哽咽，鼻底抽酸，眼淚就簌簌直落，怎麼也止不住。

這回我沒向學長回報，八卦小道不符查案方向，怪力亂神恐怕會更難堪。幸好，學長說過，畢竟只是備案，查案舉措無非安撫報案人，敷衍過風頭浪尖，也未旁生事端，他對後續也沒太大的興趣。

溪口王爺的金牌就這麼結案了。

某個中午，我在鄉公所的巡邏箱簽到，阿菊從辦公室朝我招手。距離她哭哭啼啼到所裡報失竊，已經過去大半年了。

午休時段，鄉公所的承辦櫃台難得冷清。阿菊問，能撤銷之前報的案嗎？我問原因。她說，金牌找到了，怕留下案底給阿江惹麻煩。

我大感興趣，問是怎麼回事？

「我也不清楚，」阿菊壓低聲音說：「就前兩天，阿江託我買花束、水果，我說不是初一，也不是十五，怕他又癡呆了，還再三確認，他堅持給錢要我照辦。隔天清早，我進廟整理供桌的花瓶，猛地發現，王爺公的金牌已經穩穩妥妥地配在胸前了，我急著喊阿江來看，可那老人耳聾似的，只抬頭瞥我一眼，我喊破喉嚨，他依舊慢條斯理地伸展、打拳。」

我騎上巡邏機車，直驅溪口宮。

宮廟的門戶敞開，阿江卻不在廟裡。我入廟看去，供桌上的鮮花、四果依舊燦美，王爺公端坐神桌正中，慈眉善目看似可親卻又神聖威嚴，而胸前那雙龍金牌兀自熠熠、大氣輝煌。

我合十行禮。稍後，又好奇趨前，想細看那金牌的真假，突然，木雕神像的髯鬚、唇吻輕顫微晃，似是風吹拂動，更似王爺公輕咳笑粲。

我愕然止步。

刣雞蔡仔

作　　者　陳東海
發 行 人　林敬彬
主　　編　楊安瑜
編　　輯　林佳伶
封面設計　高郁雯
行銷經理　林子揚
編輯協力　陳于雯、高家宏

出　　版　大旗出版社
發　　行　大都會文化事業有限公司
11051 臺北市信義區基隆路一段 432 號 4 樓之 9
讀者服務專線：(02)27235216
讀者服務傳真：(02)27235220
電子郵件信箱：metro@ms21.hinet.net
網　　址：www.metrobook.com.tw

郵政劃撥　14050529 大都會文化事業有限公司
出版日期　2024 年 06 月初版一刷
定　　價　380 元
ISBN　978-626-7284-53-7
書　　號　Story-45

First published in Taiwan in 2024 by Banner Publishing,
a division of Metropolitan Culture Enterprise Co., Ltd.

4F-9, Double Hero Bldg., 432, Keelung Rd., Sec. 1, Taipei 11051, Taiwan
Tel:+886-2-2723-5216 Fax:+886-2-2723-5220
Web-site: www.metrobook.com.tw
E-mail: metro@ms21.hinet.net

國家圖書館出版品預行編目（CIP）資料

刣雞蔡仔/陳東海 著-- 初版. -- 臺北市:大旗出版社出版:大都會文化事業有限公司發行, 2024.06 ;288面;14.8×21公分. (Story-45)
ISBN 978-626-7284-53-7(平裝)

863.57　　113006169